L'ARIA

Michele Lessona

Texte et illustration de couverture : © domaine public
Edition : Culturea (Hérault, 34)
Contact : infos@culturea.fr
Retrouvez notre catalogue sur http://culturea.fr
Imprimé en Allemagne par Books on Demand
Design typographique : Derek Murphy
Layout : Reedsy (https://reedsy.com/)

Dépôt légal : janvier 2023
Tous droits réservés pour tous pays

ISBN : 9791041842582

AL PROFESSORE

STANISLAO CANNIZZARO

VA QUESTO LIBRO

COME FIGLIO

AL PADRE VERO

DEL PADRE

QUEM NUPTIÆ DEMONSTRANT.

I.

Una ripassata agli abusi del metodo – Risparmio di definizioni – L'aria alla vista – Non è perfettamente senza colore – L'azzurro del cielo e il rosso del crepuscolo – L'aria sull'odorato, sul gusto e sull'udito – Ideologia di un pesce – Errori scansabili con un ventaglio, un soffietto, una corsa in ferrovia.

Devo parlare dell'aria: t'assicuro, lettor mio, che mi dà molto pensiero il modo di incominciare. Molti amici miei, che si arrovellano per far imparare al prossimo il modo d'insegnare, mi hanno più volte ricantato che non bisogna adoperare un nome del quale non siasi prima data un'esatta definizione, nè servirsi di cognizioni che non siano venute per le vie scientifiche; precetto che un po' troppo rigorosamente applicato, condusse qualche maestro elementare ad insegnare in buona fede ai bambini, quali siano i muscoli che debbono muovere per pronunziare ciascuna vocale e ciascuna consonante dell'alfabeto: dissi insegnare, ma avrei dovuto dire invece fare imparare a memoria un trattatino fisiologico della pronunzia a quei poveretti, i quali te lo ripetono in coro, con quel tono con cui i pappagalli ripetono i vocaboli, i canarini le ariette di musica, e i versi di Dante un mio conoscente professore di declamazione. Guai a voi, cari lettori, o per meglio dire, guai a questo libriccino, se io, troppo imbevuto dei precetti rigorosi del Metodo, volessi ad ogni costo incominciare dal definire scientificamente tutti quei vocaboli che sono costretto ad impiegare; se mi ostinassi, a cagion d'esempio, a darvi un'esattissima e rigorosa cognizione di che cosa s'intenda per corpo, per materia, e per loro proprietà, pria di parlarvi dell'aria, che è un corpo, o per meglio dire un miscuglio di più corpi. Alla materia non siete nuovi, e senza tema di errare posso supporre che ci siate stati in contatto un bel pezzo; scommetto che la materia da sè stessa si è presa la cura d'insegnarvi qualche cosa; in qualche corpo siete pur andati a dar di cozzo; qualche sassolino, ubbidendo a quella forza che lo tira giù, sarà certamente venuto ad accertarvi della sua esistenza, ed è forse venuto vostro malgrado a svegliare in voi l'idea di corpo. Cosicchè a me pare che avendo vissuto un tantino, una qualsiasi idea dei corpi solidi e liquidi dovete averla; comparando queste particolari idee, vi siete anche fatta un'idea astratta abbastanza chiara della materia, tanto più quando essa si presenta nello stato solido, o liquido. Ed io mi contenterò di queste idee che avete; poco m'importa che sappiate o no esprimerle in forma scientifica. Se però dei corpi solidi o liquidi avete un'idea abbastanza chiara, non so poi come vada la faccenda

4

riguardo ai corpi allo stato aeriforme, o, come suol dirsi, gassi. Nel dubbio, mi propongo di condurvi a riflettere su quelle sensazioni che svelano a noi l'esistenza dell'aria: il che vale a dire sulle sue proprietà.

Incominciamo dagli effetti che l'aria produce sugli occhi. Alla nostra vista l'esistenza dell'aria non si manifesta; in verità l'aria agisce sulla luce e da questa azione nasce il colore azzurro del cielo, e la tinta rossa del crepuscolo: ma da questi effetti noi non ci accorgiamo dell'esistenza dell'aria, poichè riferiamo quei colori alla volta del cielo.

Questi effetti divengono sensibili quando son prodotti dall'aria in grandi masse, ma non da piccole quantità di essa. L'aria che cape in uno dei nostri vasi pare affatto trasparente e senza colore, in guisa che la vista non ci dice che ci sia o no dentro un vaso, per esempio, dentro un bicchiere, una boccia di vetro. Spero che non farete le meraviglie udendo che possa esistere un corpo che si nasconde alla nostra vista. Vi sarà forse avvenuto che guardando attraverso a finestre chiuse da vetri trasparentissimni non vi siate accorti della loro presenza. Mi è stato narrato che un tale, vedendo passare un uccello dietro una finestra, e non avendo sospettato l'esistenza del vetro, vi lanciò contro la sua mano con tale violenza che lo ruppe, ed in più parti lacerò la sua pelle. Il fatto è possibile; non so se sia vero. Ma qualcosa di simile deve avvenire a quei mosconi che avrete visto ed udito correre a tutto impeto a urtare contro i vetri delle finestre, non aspettandosi certamente quell'invisibile ostacolo; perchè se se ne accorgessero rallenterebbero il volo, non dovendo certamente provar gran gusto a quei cozzi . Ora l'aria essendo assai più trasparente del vetro, non è da stupire che noi non ci accorgiamo della sua esistenza colla nostra vista, e che le bocce ed i bicchieri pieni d'aria facciano a noi lo stesso effetto che se fossero del tutto vuoti d'ogni materia.

L'azione che l'aria ha sulla luce è piccolissima, ma non nulla; l'effetto prodotto dalle piccole masse è insensibile; ma quello prodotto dalle grandi masse d'aria, come son quelle che ricoprono la superficie terrestre, è ben sensibile, e già accennai che da quest'azione dell'aria sulla luce derivano le varie tinte del cielo. Se aria non ci fosse, o se essa fosse perfettamente trasparente, noi vedremmo il sole e la luna come dischi luminosi ben circoscritti; il resto del cielo lo vedremmo oscuro, perchè da tutte queste direzioni non verrebbe a noi alcun raggio di luce; tutto questo spazio infinito dal quale a noi non verrebbe alcuna luce ci parrebbe una superficie concava, una vôlta solida tinta in nero, che ci circondasse; ed a quella vôlta ci parrebbero confitti i corpi luminosi: l'aria vi par nera in quelle notti nelle quali non perviene al nostro occhio alcun raggio di luce da nessuna direzione dello spazio; ed in vero che cosa è per noi un corpo nero, se non una porzione limitata dello spazio dalla quale non muove alcun raggio luminoso? Elevatevi a grandi altezze, e la vôlta del cielo vi parrà sempre più oscura, cioè si avvicinerà al nero, suo colore naturale. Tornate a discendere, più sarete basso, più la vôlta del cielo vi parrà illuminata e tinta di azzurro. Or qual mutamento è avvenuto nel nostro discendere? Nessun'altro, se non che voi vi siete immerso in un'aria più densa, e che una più alta colonna d'aria vi sta sopra; dunque è la massa d'aria che manda a noi quella bella luce tinta in azzurro, di cui ci pare illuminato il cielo. Or che cosa fa l'aria per inviare a noi la luce azzurra da tutte le direzioni? Se l'aria fosse un corpo trasparente colorito in azzurro, simile ad un vetro tinto di questo colore, se altro non facesse che assorbire alcuni raggi luminosi e così colorire la luce bianca, allora non potrebbe altro fare che tingerci di azzurro tutti i corpi luminosi o illuminati che fossero guardati a traverso grandi masse di aria. Le montagne coperte di neve lontanissime dovrebbero parerci azzurre, più azzurra la luce del sole appena spunta sull'orizzonte che quando si è più innalzato, perchè i raggi luminosi venendo nella direzione orizzontale attraversano strati di aria più densi che quando vengono in direzioni vicine alla verticale. Oltre a ciò il cielo dovrebbe sempre parerci nero; giacchè il corpo trasparente colorato potrebbe soltanto, spogliando la luce bianca di alcuni colori, tingerla, ma non potrebbe farci parere la luce là onde non viene.

Se guardate con un vetro azzurro un corpo bianco, vi parrà azzurro; ma se guardate un corpo nero, vi parrà sempre nero. Queste semplici osservazioni bastano per dimostrarvi che l'aria non è un corpo trasparente che colora le cose in azzurro; essa è bensì un corpo che, illuminato dal sole, riflette e disperde una piccolissima porzione di luce azzurra, come farebbero tanti piccolissimi corpi solidi tinti di questo colore, sicchè l'aria lascia passare la più gran parte della luce inalterata, una parte piccolissima riflette come fanno i corpi coloriti; or sapete (e se non sapete v'invoglierete di sapere) che la luce bianca si compone di varie luci colorite, in modo che se un corpo riflette la sola luce azzurra, è naturale il domandarsi che cosa si è fatto del resto della luce che insieme all'azzurro componeva la luce bianca, qual venne dal sole. I corpi opachi assorbono e trasformano in calore la porzione di luce che non riflettono, i corpi trasparenti parte assorbono, parte trasmettono. Così segue nell'aria; le particelle di questo corpo scompongono una piccolissima porzione della luce che ricevono, riflettono la parte azzurra di questa luce, e gli altri raggi o assorbono, o lasciano passare insieme alla gran parte della luce bianca passata inalterata. Ai raggi azzurri riflessi e diffusi da tutte le particelle dell'aria devesi quella luce che ai nostri occhi perviene come se movesse dalla vôlta celeste. Se l'aria riflette e disperde i raggi azzurri di una porzioncina di luce, è naturale il prevedere che i raggi della luce solare passando a traverso l'aria, si spogliano di una porzione di luce azzurra, e perciò prendono la tinta rossa, che è quella che insieme all'azzurro faceva la luce bianca. Questo deve tanto meglio avvenire, quanto più gli strati d'aria attraversati dalla luce sono densi. Ciò spiega perchè predominano i raggi rossi e mancano gli azzurri quando il sole è vicino all'orizzonte. Ciò spiega perchè nelle giornate serene quanto più il sole s'avvicina all'orizzonte, tanto più la porzione del cielo vicino si colora in rosso.

Sensibile è dunque l'azione delle grandi masse di aria sulla luce. Nondimeno il nostro occhio percependo questi effetti non li attribuisce all'aria medesima, bensì a quella vôlta da cui ci pare essere circondati. Tanto che se stessimo alle sole testimonianze della vista, non ci saremmo accorti dell'esistenza dell'aria dentro cui siamo pure immersi, come i pesci sono dentro l'acqua.

Dagli occhi scendiamo al naso ed al palato. L'aria non agisce nè sull'odorato nè sul gusto, cioè non ha nè sapore nè odore. Ed in vero non sapremmo immaginare che possa essere altrimenti. Se fossimo nati sulla luna, ove a quel che si dice non vi è molta aria, e se fossimo stati dotati di odorato come ora siamo, e poi fossimo venuti sulla terra, allora forse la nuova impressione dell'aria avrebbe in noi prodotta la sensazione di un odore, ma poi ci saremmo abituati a quest'impressione continua, e non avremmo avuto più coscienza di alcun odore. Non è dunque a meravigliare che nati e cresciuti dentro l'aria, essa non abbia per noi alcun odore, nè alcun sapore.

Esaminiamo che cosa c'insegna sull'aria l'udito: egli è vero che le vibrazioni dei corpi sonori si trasmettono al nostro orecchio per mezzo dell'aria; ma nello ascoltare un suono, noi cerchiamo il corpo sonoro, e non badiamo al mezzo che ha trasmesso il suono; come quando riceviamo l'impressione di un raggio luminoso, cerchiamo soltanto il corpo da cui mosse, senza avere alcun sospetto dell'esistenza di quel mezzo elastico e sottilissimo che trasmette le vibrazioni sino ai nostri occhi. Cosicchè ascoltando i suoni non ci accorgeremmo della presenza dell'aria, e bisogna interrogar la natura con quegli espedienti che la scienza ha scoperto, per persuaderci che senza l'aria i suoni non giungerebbero al nostro orecchio. Parmi che lo stesso deve seguire ai pesci immersi nell'acqua; i suoni sono loro trasmessi dall'acqua, ma non perciò essi acquistano la coscienza del mezzo in cui vivono. Poichè per la vista, l'odorato e l'udito dei pesci, l'acqua deve essere presso a poco quel che è per noi l'aria.

Una volta, assai più giovine, ed assai più fantastico che non ora, mi dilettava a fare vasti programmi di studi; e tra gli altri mi proponeva d'indovinare quali idee abbiano dell'acqua i pesci, e se abbiano coscienza dell'esistenza di quel mezzo in cui vivono. Sarebbe questo, mi diceva, un bel problema di psicologia comparata, e se fosse risolto rischiarerebbe molto le nostre cognizioni sulla genesi delle idee degli uomini, e ci farebbe con la comparazione apprezzare l'influenza che hanno le circostanze esterne sulle nostre opinioni. Non vi pare, o lettori, che questo problema sarebbe tanto importante, quanto molti altri che si sono proposti i filosofi antichi e moderni? E in vero potrebbe essere da loro trattato, poichè i criteri di cui potrebbero servirsi per giungere al vero avrebbero certamente tanto valore logico quanto ne hanno i criteri coi quali si pretendono da loro risolvere cert'altri problemi. Io non capisco perchè questi argomenti non garbassero ai metafisici! E mi proponeva niente meno che di iniziare il nuovo ramo di scienza, incominciando dall'esaminare le idee che i pesci hanno sul mondo e sulla causa prima, e valutare l'influenza refrigerante dell'acqua sul lavorìo dell'anima. Imbevuto un po' troppo de' pregiudizi della scuola esperimentale, tentai tutti i modi per pormi nella condizione d'un pesce; più volte mi tuffai nelle acque della Ceronda (il fiumicello presso cui son nato), e in quegli istanti di immersione tentava di farmi una immagine di ciò che passa nella coscienza di un pesce. Ma mi mancavan tante cose che hanno i pesci, che, pensandoci sopra, dovetti lasciare l'impresa di risolvere questo scientificamente. Mi proposi invece di inventare una soluzione qualunque, e di tessere una favola nella quale un pesce verrebbe a narrarci la sua storia morale ed intellettuale, e molte cose ci direbbe sulle idee che esso ha intorno all'acqua, alla terra ed al cielo; ci direbbe che esso non ha alcuna idea dell'aria, come noi non abbiamo alcuna idea di quell'etere che riempie gli spazii planetari, ed al quale i fisici attribuiscono la trasmissione della luce ed una certa influenza sui movimenti dei corpi celesti.

Ahimè! Di questo progetto avvenne come di tanti altri che ho fatto e che farò!

Ma lasciando stare i pesci ed i miei progetti, torniamo ad esaminare quelle sensazioni che svelano a noi, bipedi implumi, suprema fattura del Creatore, la esistenza di quest'aria dentro cui gli è piaciuto farci nuotare. Abbiam già veduto che gli effetti dell'aria sui quattro sensi, vista, udito, odorato e gusto, non ci avrebbero fatto neppur sospettare dell'esistenza sua. Non ci resta ad esaminare che l'effetto dell'aria sul tatto: giacchè, secondo quello che si dice generalmente, non abbiamo che cinque sensi.

Sia l'aria tranquilla, e noi in riposo: allora benchè l'aria sia in contatto con tutta l'esterna superficie del nostro corpo, e colla superficie delle nostre cavità, come la bocca, la cavità nasale, e le loro continuazioni; benchè quest'aria ci prema col peso di circa 103 chilogrammi per ogni decimetro quadrato della nostra superficie, nondimeno noi non siamo avvertiti dell'esistenza di quest'aria e degli effetti continui che produce sopra di noi. Soltanto, quando in qualche punto della superficie diminuisce la pressione dell'aria, noi abbiamo una sensazione. Non so se abbiate mai provato l'effetto di una ventosa applicata sulla vostra pelle; ma avrete poi certamente provato l'effetto del succhiamento. Sì nell'uno che nell'altro caso altro non si fa che diminuire in una limitata porzione della nostra superficie la pressione che esercita l'aria. Vi meraviglierete che non siamo avvertiti di quest'enorme peso che ci sta addosso; e quasi quasi sareste tentati di fare quel che fecero i filosofi per molti secoli, cioè negare il peso di quest'aria; ma ciò è oggi dimostrato con tante prove, che appena ve lo esporrò vi passerà la voglia bentosto di mettere in dubbio quel che vi ho detto. – Convinti allora del peso con che quest'aria ci pigia da tutti i lati, ricorrerete per ispiegare la nostra insensibilità a questo peso, all'essere i nostri tessuti egualmente premuti in tutti i sensi, sia dalla diretta azione della pressione atmosferica, sia dalla trasmissione di essa per mezzo dei liquidi che bagnano i nostri tessuti, ed all'effetto delle impressioni continue e quasi costanti: ed indovinerete che anche i pesci nonostante che sopportino una enorme pressione dell'acqua in cui sono immersi, pur non ne hanno coscienza. Neppur camminando e movendoci moderatamente siamo avvertiti della resistenza dell'aria che ci circonda, perciò possiamo ciò fare senza provare resistenza notabile. Ma se ci moviamo velocissimamente, allora ci divien sensibile la resistenza che l'aria oppone ai nostri movimenti.

Forse in groppa ad un cavallo avrete qualche volta corso; ma se non avete ciò fatto, avete certamente viaggiato in ferrovia, e vi sarà venuta la voglia di affacciarvi dal finestrino della carrozza mentre corre, o per lo meno avrete messo fuori la mano: benchè la giornata sia stata tranquillissima, pure avrete provato la sensazione del vento; in questo modo vi si manifesta la resistenza dell'aria. Sia che l'aria mova verso voi, o voi muoviate vero l'aria, l'effetto di questa specie di urto è il medesimo. La qual cosa non segue soltanto per l'aria, ma altresì per tutti gli altri corpi; difatto proverete la medesima sensazione se stando voi fermo un bastone venga a percuotervi, o se voi vi moviate con una certa velocità ad urtare contro il bastone che stia fermo. Riflettendo dunque un tantino sulla notevole impressione di resistenza e di urto che produce l'aria su noi quando ci moviamo rapidamente possiamo convincerci dell'esistenza di essa.

L'aria poi in movimento, ossia il vento produce effetti così notevoli e spesso sì vigorose percosse che non ci lascia alcun dubbio che quest'aria è una materia. Debbo però avvertirvi fin d'ora che molti filosofi dell'antichità, considerando i venti per qualche cosa di esistente, pur credevano che fossero cosa distinta dall'aria tranquilla, e sognavano che escissero da alcune caverne della terra per fare una giratina, una passeggiata, e poi tornassero a casa. Ma voi non sarete mai caduti in siffatti errori, avendo visto come potete da voi stessi produrre il vento, o con un soffietto, o con un ventaglio.

II.

Esercizi con una bottiglia – L'aria della birra, del vino e delle paludi – Elogio del vetro e del sughero – Vantaggi d'una boccia a due colli – Una collezione d'arie.

Questa lunga chiacchierata vi avrà dimostrato che gli effetti che l'aria produce direttamente sui nostri sensi bastano appena ad avvertirci della sua esistenza; ma nulla ci insegnano delle sue proprietà, neppur ci indicano che sia una materia pesante, sicchè si è dovuto attendere molti secoli prima di poter dimostrare che l'aria pesa.

Ma per mezzo di artifici semplicissimi, per mezzo di prove ingegnose, non solo ci si rende meglio palese l'esistenza dell'aria, ma ci si manifestano le sue proprietà, ed allora la vista, il tatto e l'udito ci giovano egualmente.

Cominciamo ad esaminare alcuni di questi artifizi adoperati. Prendi, o lettore, una bottiglia a collo stretto, vuota d'ogni liquido; ella è piena d'aria, non è vero? Ma tu non ti accorgi di quest'aria che ci sta dentro. Immergi tutta dentro l'acqua contenuta in qualsiasi recipiente questa bottiglia colla bocca in alto, l'acqua comincia ad entrarvi e l'aria ne esce, attraversando l'acqua in forma di grosse bolle che vengono alla superficie. In questo caso, se il recipiente pieno d'acqua in cui la bottiglia è immersa è trasparente, tu vedrai le bolle d'aria, e ne potrai bene seguire il cammino. Ora in luogo di lasciar perder quest'aria che esce dalla bottiglia attraversando l'acqua, non potresti tu raccoglierla in un vaso? Se tu hai un'altra bottiglia, riempila d'acqua e capovolgila pur dentro l'acqua; poi tenendo la bocca sempre immersa nel liquido, cerca di far penetrare quelle bolle d'aria che salgono, dentro la bottiglia; le bolle attraversando l'acqua si porteranno alla parte superiore, ove saranno fermate dal fondo della bottiglia; man mano che l'aria arriva, l'acqua discende. Se la bocca della bottiglia capovolta, ove vuoi raccogliere l'aria che esce dall'altra bottiglia, fosse troppo stretta, allora potrebbe avvenire che ogni bolla non entrasse tutta; in tal caso una porzione d'aria si perderebbe. Se non hai altra bottiglia a bocca più larga, allora potrai adattarvi un imbutino immerso anche dentro l'acqua insieme al collo della bottiglia capovolta .

Con questo semplicissimo esperimento tu avrai veduto come si possa vuotar d'aria una bottiglia riempiendola d'acqua, e raccogliere quest'aria in un'altra bottiglia che si vuota d'acqua riempiendosi d'aria; ti sarai anche accorto che l'aria è più leggiera dell'acqua; poichè la prima sale, e la seconda discende. Questa volta ti pare che l'aria attraverso l'acqua si sia fatta visibile, poichè tu la vedi sotto forma di bolle attraversare il liquido e ne siegui il cammino. In verità tu non vedi l'aria, bensì altro non vedi che le interruzioni nella massa d'acqua che è spostata dalle bolle d'aria. Ma io m'accorgo che voglio troppo sottilizzare; il fatto è che quando l'aria attraversa un liquido gorgogliandovi dentro, si rende palese alla vista; ora tutte le volte che tu vedrai simili effetti dentro qualsiasi liquido, sei certo che l'aria, o qualche altro corpo simile, li attraversa, e puoi ben raccogliere quest'aria dentro una bottiglia o altro vaso pieno di liquido e capovolto colla bocca immersa dentro il liquido. La birra ed alcune specie di vini appena sturati fanno effervescenza; son tante bolle d'aria che si sviluppano, tu dirai! Or raccogli quest'aria che si sprigiona dal liquore appena sturato; per ciò fare prepara una bottiglia piena d'acqua capovolta, e colla bocca immersa dentro l'acqua contenuta in un recipiente sufficientemente capace, poi immergi la boccia di birra entro questo recipiente colla bocca in alto e proprio sotto la bocca dell'altra bottiglia capovolta; stura la boccia di birra così immersa; appena sturata comincierà l'effervescenza, e la più gran parte di questa specie di aria si raccoglierà nella bottiglia capovolta. A vederla, questa aria pare perfettamente uguale a quella ordinaria, cioè quella entro cui noi viviamo; non ha colore, è trasparente, attraversa l'acqua, in forma dì bolle, e scaccia l'acqua dalla bottiglia capovolta. Tu dunque, fermandoti a questi caratteri più sensibili, dirai forse che anch'essa è aria. Ora che sai raccogliere l'aria e gli altri corpi che hanno il medesimo stato, ti prenderà forse vaghezza di raccoglier l'aria in tutti quei liquidi nei quali si manifesta il suo sviluppo. E già mi pare vederti con alcune bottiglie in tasca ed un imbutino, guardar tutti i liquidi che incontri; e fai bene. Un giorno forse andrai in un luogo paludoso nell'acqua stagnante, e vedrai di tempo in tempo venir su alcune bolle d'aria; prendi subito una delle tue bottiglie, riempila d'acqua, capovolgila, e poni la bocca immersa dentro il liquido in quella parte ove ti par sia venuto il più gran numero di bolle ; così ti verrà fatto di raccoglier quelle che verranno entro la tua bottiglia. Quando sarà quasi vuota d'acqua, e perciò piena d'aria, osservane i caratteri più sensibili; non ha colore, è trasparente, sale attraverso l'acqua. A questi caratteri tu non puoi sospettare che sia diversa dall'aria comune; non ostante tu vuoi conservare quest'aria della palude, poichè ti è venuta la smania di far una collezione di tutte le arie che vieni incontrando. Ma come si fa a trasportar fino a casa quest'aria? Metti alla prova la tua perspicacia: se togli la bocca della bottiglia capovolta dal liquido, allora si farà una comunicazione coll'aria esterna, e si mescoleranno; e se da te stesso ciò non prevedi, te ne rendo io sin d'ora avvertito; dunque tu trova un bicchiere, immergilo dentro l'acqua della palude, e senza toglier dall'acqua la bocca della bottiglia, mettila dentro il bicchiere; poi potrai cavar fuori il bicchiere e la bottiglia; l'aria che vi sta dentro non potrà più, sfuggire, perchè è chiusa da tutti i lati, sopra e da lato delle pareti del vetro, sotto dall'acqua. Or con un po' di cure, senza far mai restar scoperto d'acqua il collo della bottiglia, porta a casa l'aria, che ci hai raccolta nella palude, e scrivici sopra, per non dimenticarlo. – ARIA DELLE PALUDI.

Vien la vendemmia, si pigia l'uva, e si mette a fermentar il mosto: sai che fermentando il mosto, bolle aeriformi si vengono sviluppando: raccoglile, come già sai, in una bottiglia capovolta. Anzi ti consiglierei a modificare un po' il modo di raccogliere quest'aria che si viene sviluppando nelle fermentazioni, e forse da te stesso ti faresti un apparecchio simile a quello che or ora descriverò. Metti a fermentar il mosto in una bottiglia, o vaso d'altra forma, purchè alla bocca si possa adattare bene un turacciolo di sughero; or prendi un buon turacciolo di sughero forato, e adattaci un tubo di vetro della forma qui sotto disegnata , metti il turacciolo alla bocca della bottiglia: ti accorgi che l'aria che si viene sviluppando è costretta ad escire pel tubo; immergi l'estremità di questo tubo in una tinozza piena d'acqua, l'aria così gorgoglierà a traverso il liquido. Or potrai raccoglier l'aria che gorgoglierà nel liquido di questa tinozza, mettendo sopra l'estremità aperta del tubo immersa dentro l'acqua, una campana o una bottiglia piena d'acqua e capovolta. Per non essere costretto a tener sempre la campana o la bottiglia, potrai fare un sostegno, per esempio, una tavoletta ferrata che stia dentro la tinozza, e farai arrivare nel foro di questa tavoletta l'estremità ricurva del tubo: poserai su questa tavoletta, precisamente sopra il foro, la tua campana capovolta in cui vuoi raccogliere quest'aria. Eccoti dunque scopritore di un apparecchio, per mezzo del quale non ti sfuggirà più qualsiasi specie d'aria che si sviluppi. Da te stesso indovinerai una precauzione da avere quando chiudesti col turacciolo la bottiglia ed immergesti l'estremità ricurva del tubo nella tinozza ad acqua, rimase piena d'aria esterna la parte della bottiglia vuota di liquido, e la capacità interna del tubo; or tu vuoi raccogliere soltanto l'aria che si sviluppa nella fermentazione, e non quella che hai chiuso dentro l'apparecchio. È naturale che l'aria che si vien sviluppando nella fermentazione scacci quella che vi era rimasta chiusa; non raccogliere dunque le prime porzioni d'aria, e non mettere la campana sopra l'estremità aperta del tubo se non quando ti sei persuaso che tutta l'aria chiusa nell'apparecchio è stata scacciata da quella che si sviluppa nella fermentazione. Tu prevedi che la fermentazione durando molto tempo, puoi raccogliere successivamente molte campane o bottiglie di quest'aria che si sviluppa e conservarle, sia tenendole tutte colle bocche immerse nella tinozza, sia separatamente ciascuna immersa dentro un bicchiere, come sopra ti dissi. Questo apparecchio che ti sei fatto per raccogliere l'aria delle fermentazioni ti potrà servire in altri casi simili.

Una volta che tu ti poni a ricercare tutti i casi in cui nei liquidi vi è effervescenza, cioè tutti casi in cui si manifesta lo sviluppo di una specie qualunque di aria, non ti potrà sfuggire il seguente fatto. Ponendo al fondo di un bicchiere pezzettini di marmo, poi ricovrendoli di uno strato d'acqua, se versi in questa acqua aceto o altro liquido acido, come sarebbe il così detto olio di vetriolo, l'acido muriatico, l'acqua forte, si manifesta una effervescenza. Non ti lasciare sfuggir l'occasione di raccogliere quest'altra aria che si sviluppa, nel contatto degli acidi col marmo. Metti dunque nella bottiglia, marmo, acqua ed acido, adàttavi il turacciolo col tubo, immergi la estremità ricurva nella tinozza ad acqua, e quando una corta quantità d'aria sarà escita per scacciare quella esterna che vi chiudesti dentro, raccogli l'altra che vien gorgogliando dentro il liquido della tinozza, come già sai. In questo caso ti accorgerai che lo sviluppo dell'aria dal marmo è troppo rapido, e prevedi che se invece di versare tutto in una volta l'acido, lo facessi arrivare poco per volta, lo sviluppo potrebbe meglio regolarsi. Trattasi però di versare poco a poco l'acido senza aprire la bottiglia, e senza mettere mai in comunicazione e mischiare la specie d'aria che si sviluppa dal marmo con l'aria esterna: riflettendo e provando, tu trovi il seguente mezzo: farai nel turacciolo di sughero un altro foro pel quale passi un tubo diritto che pesca dentro il liquido della bottiglia F : l'estremità superiore potrai farla terminare in un imbuto per maggior comodo: versando bel bello in e liquido, questo entrerà nella bottiglia, la specie d' aria che si viene sviluppando non potrà escire per questo tubo diritto, ma bensì pel tubo t.

Eccoti dunque fatto un apparecchio, composto di una bottiglia ove si compie l'azione dell'acido sul marmo, di un tubo diritto e che s'immerge dentro il liquido della bottiglia, e per cui si versa l'acido senza fare escire la specie d'aria che si sviluppa da un tubo t che mette in comunicazione la capacità della bottiglia vuota di liquido con la tinozza d'acqua, e che serve a condurre l'aria che si sviluppa a gorgogliare dentro il liquido della tinozza, e che perciò potrai dire tubo di sviluppo. Più tardi, se troverai una bottiglia con due bocche ben fatte in modo da chiuderle bene con turaccioli di sughero, te ne servirai certamente, adattando ad una bocca il turacciolo portante il tubo diritto e che va ad immergersi dentro il liquido. Farai così l'apparecchio disegnato .

Versando sul ferro o sullo zinco acqua a cui si mesce un acido qualunque, per esempio olio di vetriolo, vi ha effervescenza. Appena informato di ciò, tu farai l'esperimento dentro lo apparecchio or ora descritto: nella bottiglia f porrai pezzetti di zinco o di ferro, poi uno strato d'acqua, adatterrai alle due bocche i turaccioli portanti i due tubi, per il tubo e verrai poco a poco versando acqua acida, la effervescenza si verrà producendo, e questa nuova specie d'aria verrà gorgogliando nell'acqua della tinozza e la raccoglierai, come già sai. Come son comodi, non è vero, questi apparecchi di vetro e questi turaccioli di sughero? Essi ti hanno permesso di fare apparecchi perfettamente chiusi, dentro i quali tu puoi scoprire ogni fenomeno visibile; che cosa potresti trovare meglio del sughero per chiudere perfettamente le bocche delle bottiglie, per adattarvi tubi di tutte le forme? Il sughero si lascia facilmente limare e tagliare; elastico come è, per poco che sia forzato dentro i colli delle nostre bocce, le chiude perfettamente; il vetro, oltre la trasparenza, ha il vantaggio di resistere all'azione di quegli acidi o di altri liquidi che sogliono impiegarsi per produrre i varii fenomeni chimici, tra i quali la produzione di quelle arie che tu ti sei dato a raccogliere. Oltre a ciò il vetro resiste ad un certo grado di calore, che spesso è necessario per produrre alcuni fenomeni chimici.

Se tu vuoi seguire a raccogliere lo varie specie d'aria che si sviluppano nei mutamenti che sopportano i corpi, ti verrà certo il pensiero di scaldarne alcuni in apparecchi chiusi, adattando tubi di sviluppo che permettano di raccogliere l'aria, se se ne svolge. Cerca dunque un vaso di vetro che avendo un fondo convesso e non tanto spesso, ben ricotto e di buona qualità di vetro, si lascia facilmente scaldare, che inoltre abbia una bocca a cui possa facilmente adattarsi con un certo sforzo un turacciolo di sughero portante un tubo di sviluppo;

troverai vasi della forma B detti storte, che son fatti a questo uso: ci adatterai per mezzo di un turacciolo di sughero il tubo di sviluppo t, immergerai l'estremità ricurva in una tinozza piena d'acqua, poserai la storta per mezzo di un triangolo di ferro sopra un fornello F. Eccoti un apparecchio, dentro il quale scaldando varii corpi, potrai provare se sviluppano alcuna specie d'aria, e nel caso affermativo raccoglierla nella campana E.

Scaldando il mercurio per molto tempo in contatto dell'aria si fa un corpo solido rosso, detto precipitato per sè o, se vuoi, mercurio calcinato. Se fossi vissuto ai tempi nei quali fuvvi vivissima discussione sulla natura di questo corpo, sarebbe a te venuto il pensiero, poichè ti sei mosso a raccogliere varie specie d'aria, di provare se questo corpo, scaldato, ne sviluppi qualcuna. Poni dunque il precipitato per sè entro la storta, e comincia gradatamente a scaldare, mettendo carboni accesi sul fornello f; appena scaldi, bolle d'aria cominciano ad escire dalla estremità ricurva del tubo di sviluppo, gorgogliando nel liquido della tinozza. Non ti farai però illusione; quest'aria che esce non è certamente sviluppata dal corpo solido rosso, perchè sarebbe seguito lo stesso se tu avessi scaldato la storta vuota. L'aria chiusa di dentro, col riscaldamento si dilata, e però una porzione esce fuori. Se però la storta fosse vuota, giunta al maggior grado di calore che può prendere sopra questo fornello, lo sviluppo dell'aria si fermerebbe, e per poco che la storta si raffreddasse, diminuendo il fuoco, o soffiando un vento su le sue pareti esterne, allora l'aria, interna raffreddandosi si restringerebbe, e non potendo più rientrare l'aria uscita, entrerà dentro l'acqua in cui il tubo adduttore è immerso: raffreddandosi l'aria rimasta, avverrà una specie di assorbimento o di succhiamento, se così ti piace dire. Puoi fare l'esperimento, ma appena cominci l'assorbimento togli subito l'apparecchio dall'acqua, perchè se questa entrasse sin nella capacità della storta, trovandovene ancor calde le pareti, potrebbe romperle pel troppo rapido raffreddamento; oltre a ciò riducendosi repentinamente in vapore, scaglierebbe i frantumi del vetro con una certa violenza. Convien dunque scansare con ogni cura l'assorbimento dell'acqua negli apparecchi caldi, se non si vuole andar incontro a gravi pericoli. Quando però dentro la storta hai tu messo il mercurio precipitato per sè o precipitato rosso, e scaldi progressivamente senza interruzione, allora ti accorgerai che oltre l'aria che esce per la dilatazione di quella chiusa dentro l'apparecchio, una ben più abbondante quantità se ne produce; te ne accorgi dalla quantità d'aria che esce dal tubo, che è assai maggiore di quella che potrebbe capire dentro l'apparecchio. Quando dunque giudicherai che ne sia uscita abbastanza da scacciar tutta l'aria chiusa nello apparecchio, raccoglierai il resto in campane capovolte, e la conserverai colla indicazione di aria sviluppatasi nel riscaldamento del precipitato rosso.

Facendo questo esperimento, non ti potrà sfuggire la osservazione che, continuando il riscaldamento, il precipitato rosso vien disparendo, ed invece goccette di mercurio si sono condensate nella parte meno calda della storta. Dirai dunque: sotto l'azione del riscaldamento, il precipitato rosso si è trasformato in due qualità di materia differente; l'una è il mercurio sotto forma di goccette, l'altra è quella specie d'aria che ho raccolto nelle bottiglie o nelle campane capovolte dentro l'acqua. Più tardi cercherai di spiegarti che cosa è avvenuto in questa trasformazione; per ora ti contenterai di servirti di questo esperimento come di una sorgente di un'altra specie d'aria.

Già, senza grandi cognizioni scientifiche, avrai imparato a raccogliere queste varie specie d'aria, e te ne sei fatta una collezione in campane capovolte dentro l'acqua. Se hai fatto tutti gli esperimenti qui descritti, hai già raccolto le seguenti specie d'aria.

1° L'aria tale quale esiste nell'atmosfera, e perciò nei nostri vasi aperti vuoti di liquido.

2° Quella che si sviluppa dentro le paludi.

3° Quella che si sviluppa nella fermentazione del mosto.

4° Quella che si produce nell'azione degli acidi sul marmo.

5° Quella che si sviluppa nell'azione dell'acqua acida sullo zinco o sul ferro.

6° Quella che si sviluppa riscaldando o, come dicesi, calcinando il precipitato rosso.

Or che cosa farai di tutte queste qualità d'aria già raccolte?

III.

Prove con un topo – La candela accesa e la calce spenta – Reazioni e reattivi – Molte arie si rassomigliano, ma non son la stessa cosa – Predica ai predicatori – Fiato perso.

La prima interrogazione che ti farai è, se quelle arie son tutte la medesima qualità di materia.

E siccome sono in vasi chiusi sopra l'acqua, si direbbero una medesima cosa; tutte, come l'aria ordinaria, non hanno colore, sono trasparenti, spostano l'acqua.

– Non è dunque a maravigliare se per molto tempo furon confuse col nome di aria; ma se tu sei dotato dalla natura di quel non so che, che ci fa trovare nuove vie di interrogarla, allora non resterai pago di aver osservato i soli caratteri più visibili di queste varie specie di arie, ed altre prove farai, per verificare se le proprietà sono eguali. Senza grandi cognizioni scientifiche bisogna che tu trovi modo di porre queste varie specie d'arie in contatto con varii corpi, e comparare il modo come si comportano con loro. Nell'aria comune gli animali respirano, non è vero? Trattasi di vedere se tutte le altre specie di arie sono pur buone egualmente da respirare. Introduci dunque, per esempio, qualche topolino in queste varie specie d'aria, ed osserva ciò che siegue: sarà facile immaginare i modi che puoi impiegare per introdurre questi animali sotto le campane piene di varie specie di aria, senza introdurvi molt'aria esterna; ed osserverai questo fatto: in un'atmosfera chiusa, piena di aria comune, il topo respira per qualche tempo come fa all'aria libera; nella specie d'aria sviluppatasi dal precipitato rosso, il topo respira con una assai maggiore attività che all'aria libera. In tutte le altre specie d'aria, l'animale muore immediatamente. –

Ripeti più volte queste prove, otterrai sempre lo stesso effetto: hai tu dunque scoperto che tutte queste specie d'aria non sono la medesima cosa, e che non tutte sono ugualmente atte alla respirazione. Nell'aria comune i corpi bruciano, come tu sai; ora esamina come si comporta un corpo acceso immerso nelle varie specie d'arie: per ciò fare, è bene di averle raccolte in campane di egual forma prendi una dopo l'altra queste campane colla bocca immersa dentro l'acqua; chiudi questa bocca con la mano, poi cava fuori dall'acqua la campana, capovolgila colla bocca in alto; togli la mano, ed immergi subito un cerino acceso; ma fa presto, per non dare il tempo all'aria esterna di mischiarsi a quella contenuta nella campana or aperta. Osserverai che se la campana è piena d'aria comune, il cerino acceso continuerà a bruciare colla stessa intensità come all'aria libera: se la campana è piena dell'aria svolta dal precipitato rosso, il cerino brucia con assai maggiore intensità; anzi se prima sia spento, lasciando ancor un punto del lucignolo incandescente, immerso in questa nuova aria si riaccende. Se la campana è ripiena dell'aria sviluppata nella fermentazione del mosto o nell'azione dell'acido sul marmo, il cerino si spegne immediatamente. Se la campana è piena della specie d'aria sviluppata nelle paludi o di quella sviluppata dall'azione dell'acqua acida sullo zinco, il cerino si spegne, ma quell'aria prende fuoco bruciando con fiamma; queste dunque sono due specie d'arie combustibili. Cerca ora altri corpi che possano farti scoprire nuove differenze tra queste varie specie d'arie. Avrai vicino per caso un deposito di calce spenta ed impastata nell'acqua; aggiungici nuova acqua e filtra per una tela, o meglio per una carta, quell'acqua che è stata in contatto della calce; avrai così una soluzione limpida, detta acqua di calce, perchè contiene un po' di calce disciolta. Prova di porre in contatto quelle varie specie d'arie con quest'acqua; per ciò fare puoi per ora seguire un metodo semplicissimo; avendo ciascuna di queste arie chiuse in una campana o bottiglia capovolta, e colla bocca immersa nell'acqua contenuta in un bicchiere, immergi il bicchiere, e la bocca della tua campana, o bottiglia, dentro un bagno d'acqua di calce, e poi, senza far escire dal liquido la bocca della campana, tira fuori il tuo bicchiere; così avrai passato la tua aria da un bagno d'acqua ordinaria in un bagno d'acqua di calce. Se la campana contenente l'aria avesse la bocca molto stretta, puoi allora cavarla dal bagno, in cui sta, chiudendo la bocca col dito, e così la passerai dentro il bagno di acqua di calce, togliendo il dito quando già la bocca della campana è ben immersa dentro il liquido: così mettendo le varie specie d'aria una dopo l'altra in contatto coll'acqua di calce, osserverai ciò che siegue. – Nessun mutamento in tutte, salvo in quella sviluppata dalla fermentazione del mosto ed in quella che si produce dall'azione degli acidi sul marmo. Con queste due l'acqua di calce si comporta egualmente: l'aria vien disparendo e perciò il liquido montando sino a riempire la campana capovolta; cioè quest'aria è assorbita dall'acqua di calce. Oltre a ciò l'acqua di calce da limpida che era si fa torbida e lattiginosa per la formazione di un corpo solido divisissimo, il quale dopo qualche tempo può deporsi al fondo del liquido, formando una polvere bianca finissima. Ecco dunque un carattere esclusivo a queste due specie d'aria da te raccolte; sono assorbite dall'acqua di calce intorbidandola: ciò ti dimostra che queste due specie d'aria sono una medesima cosa, una medesima qualità di materia, un medesimo corpo, differente però dalle altre specie d'arie che tu avevi raccolto, le quali non produssero alcun mutamento, messe in circostanze simili, in contatto colla medesima acqua di calce. Or dunque, quando incontrerai una specie d'aria che è assorbita dall'acqua di calce e la intorbida, tu la riconoscerai identica a quella che si produce dall'azione degli acidi sul marmo, ed a quella che si svolge nella fermentazione del mosto: quest'acqua di calce che serve con un segno certo ad indicarci e farci riconoscere la natura di questa specie d'aria dicesi un reattivo di questa specie d'aria; il mutamento che questa produce nell'acqua di calce dicesi una reazione. Altri reattivi potresti trovare per riconoscere a segni certi ciascuna delle altre specie d'aria; per esempio, potresti trovare una sostanza che assorbe solo quella qualità di aria sviluppatasi calcinando precipitato rosso, e non produce sulle altre alcun mutamento.

E poichè siamo su questo argomento, voglio insegnarti non uno ma più reattivi, che assorbono questa specie di corpo allo stato di aria a cui si è dato il nome di ossigeno. Esso è assorbito dopo qualche tempo dal fosforo (purchè sia rarefatto o pel miscuglio di altro corpo aeriforme o per diminuzione di pressione); è assorbito dal rame caldo (quasi rovente) oppure dal rame freddo bagnato da acido muriatico, dall'acido pirogallico sciolto in una soluzione di potassa caustica, infine dal mercurio, quando bolle. Quest' ultimo fatto puoi verificare così: sia P, un pallone a collo ricurvo contenente un po' di mercurio e sia in comunicazione con una campana E posta sul bagno a mercurio e già piena di ossigeno: poni a bollire lentamente il mercurio nel pallone, il vapore di esso si condenserà in alto ed in gran parte ricadrà nel fondo; vedrai poco a poco scemare l'ossigeno della campana E, montandovi il mercurio del bagno; dopo molte ore di ebullizione l'ossigeno sarà tutto scomparso, e si è invece formata una polvere rossa nella quale si è convertita una parte del mercurio fissando l'ossigeno. Or questa polvere rossa è il precipitato per sè (ossido di mercurio) col quale tu sai come si può riottenere l'ossigeno. Dunque il mercurio assorbendo l'ossigeno divien precipitato per sè: quest'ultimo scaldandosi torna a diventare mercurio ed ossigeno; cioè alla temperatura dell'ebullizione del mercurio l'ossigeno si fissa su esso mutandolo in un corpo rosso, ad una temperatura superiore se ne distacca. Tu già prevedi che il mercurio mutandosi nel precipitato per sè sarà cresciuto di peso, avendo assorbito una specie di materia, la quale, sebbene allo stato d'aria, pur pesa; lo stesso della calce, che assorbe l'aria delle fermentazioni. Più tardi ti condurrò a riflettere meglio su questi fenomeni; per ora ti basti conoscere il fatto dell'assorbimento dell'ossigeno col mercurio bollente, al quale saresti pervenuto da te stesso, se pazientemente avessi persistito in questa via di ricerca.

Ora scommetto che da te stesso avrai fatto il ragionamento seguente: nell'ossigeno i corpi bruciano, e gli animali respirano attivissimamente; nell'aria più moderatamente; bollendo il mercurio all'aria si forma quel medesimo corpo rosso che si fa bollendo esso in contatto dell'ossigeno; dunque nell'aria vi è probabilmente ossigeno, e l'energia della sua azione è mitigata forse dalla presenza di altro corpo. Nato questo sospetto, ponti a verificarlo coll'esperimento; metti a bollire il mercurio in contatto di un volume già noto di aria, cioè riempi la campana E dell'apparecchio con aria in luogo di ossigeno. Dopo alcune ore di ebollizione ti accorgerai che anche in questo vaso vi ha, assorbimento, sebbene più lento; prolunga l'ebollizione per molte e molte ore, non giungerai mai a fare assorbire dal mercurio tutta l'aria. Convintoti di ciò; misura il residuo che non può essere assorbito, e ti accorgerai che costituisce 4/5 del volume dell'aria impiegata; vieni dunque a questa conclusione: dell'aria 1/5 soltanto del volume è assorbito dal mercurio bollente, e perciò è ossigeno. Ma che cosa è questo residuo che il mercurio bollente non assorbe più? Provane i caratteri come tu sai, e troverai che non mantiene nè la respirazione ne la combustione, non è assorbito nè da quei corpi che assorbono l'ossigeno nè da quelli che assorbono le altre specie d'aria che già conosci, non brucia, non dà odore ecc.; essa è dunque una nuova specie d'aria, diversa dalle altre che hai prima raccolto, e di cui i caratteri sono in gran parte negativi, cioè non ha quelli che le altre hanno; questa specie d'aria è l'aria comune a cui si è sottratto l'ossigeno che contiene, perciò fu detta aria viziata, aria che non mantiene la vita, cioè azoto (che priva di vita). Se all'azoto si restituisce l'ossigeno ch'è stato fissato dal mercurio, tornerai a fare l'aria colle sue proprietà; tu intendi come è facile di restituire all'aria l'ossigeno assorbito, sapendo come col precipitato per sè si prepari l'ossigeno. Ti dissi sopra che vi hanno altri corpi che assorbono anche l'ossigeno; puoi tutti adoperarli per privar l'aria di ossigeno, ossia per ottenere l'azoto. Poni infatto in una campanella piena d'aria rovesciata sopra un bagno ad acqua un bastoncino di fosforo, lasciavelo per un giorno, troverai il volume dell'aria scemato; ciò che resta è l'azoto. Potresti affrettare l'assorbimento dell'ossigeno scaldando il fosforo. Per fare ciò mettine un pezzetto in una cassulina che per mezzo di una lamina di sughero farai galleggiare sull'acqua, poni il fuoco al fosforo, e ricoprilo subito di un'atmosfera limitata di aria comune per mezzo di una campana capovolta ; il fosforo bruciando consuma l'ossigeno di quest'aria rinchiusa, mutandosi in quei fumi bianchi che vedi, i quali si disciolgono nell'acqua del bagno, sicchè dopo qualche tempo l'aria rinchiusa sarà priva di ossigeno, ossia sarà azoto. Riassumi dunque i risultamenti di questi esperimenti. L'aria ordinaria non è una sola qualità di materia, ma due insieme mischiate, l'ossigeno e l'azoto; il primo è assorbito dal mercurio bollente e dal fosforo quando mutasi in precipitato rosso, mantiene la respirazione e la combustione; il secondo è inerte e non fa che mitigare gli effetti del primo. Oltre queste due specie d'aria, l'aria ordinaria contiene un po' di quella prodotta nelle fermentazioni. Difatto se lasci molto tempo l'acqua di calce esposta all'aria, s'intorbida come fa con l'aria delle fermentazioni; ma ce n'è appena 1/1000 nell'aria ordinaria; questa quantità può variare dentro certi limiti. L'aria anche, oltre altre piccole quantità di corpi aeriformi (tanto piccolo da sfuggire spesso alla ricerca), oltre molti minutissimi corpi solidi che vi sono sospesi, trasportati dai venti, contiene una notevole quantità di acqua allo stato di vapore, cioè allo aeriforme; questa quantità è variabile nelle varie ore, nelle varie stagioni; più tardi ti dirò in quali limiti avvengano queste variazioni, e quali ne siano le cagioni; per ora ti basti di essere pervenuto ad accertarti della natura diversa di varie specie d'aria che tu avevi raccolto. Riunisci tutti i risultati ottenuti nel seguente quadro:

1° L'aria atmosferica mantiene la respirazione e la combustione, come ognuno sa; non è sensibilmente assorbita dall'acqua di calce, la quale s'intorbida appena dopo essere stata in contatto con un notevolissimo volume d'aria; è in parte assorbita dal mercurio bollente e dal fosforo, ha insomma i caratteri di un miscuglio di 1/5 di ossigeno e 4/5 di azoto.

2° Azoto, ossia aria privata dell'ossigeno: non mantiene nè la respirazione nè la combustione, non ha alcun corpo che lo assorba di preferenza lasciando l'ossigeno intatto.

3° Aria sviluppata dalla calcinazione del precipitato per sè, ossigeno; attiva. oltre l'ordinario, la respirazione, fa bruciar energicamente i corpi accesi, cioè attiva la combustione, tanto da riaccendere un cerino che avesse un sol punto incandescente: non produce mutamento nell'acqua di calce.

4° Specie d'aria prodotta nella fermentazione del mosto, o nella azione degli acidi sul marmo; non è atta a mantenere nè la respirazione nè la combustione, perciò fa morir d'asfissia gli animali e spegne le fiamme, è assorbita dall'acqua di calce producendovi un'intorbidamento dovuto alla formazione di una polvere bianca sospesa nel liquido.

5° Specie d'aria, che si sviluppa dall'azione dell'acqua acida sullo zinco; non mantiene la respirazione nè la combustione, ma brucia essa scaldata in contatto dell'aria, quindi immergendo un cerino, lo spegne, ma invece prende fuoco essa, bruciando con fiamma poco splendente; non ha alcun'azione sull'acqua di calce.

6° Specie d'aria delle paludi; ha i caratteri notati nell'aria precedente, salvo che brucia con una fiamma un po' più splendente.

Se si accresceranno i tuoi mezzi di riconoscere queste specie di corpi, ti accorgerai meglio delle loro diversità.

Eccoti giunto ad un bel punto, condotto dalle tue ricerche: credevi che tutte queste varie specie d'arie fossero la medesima cosa, ed ora invece sai che sono diverse qualità di materia: hai scoperto il modo di riconoscerle senza l'aiuto di grandi cognizioni scientifiche. Or tu sei proprio al caso di scrivere già un tuo libro, e potresti intitolarlo Esperienze ed osservazioni sopra le differenti specie d'aria; ma queste cose sono già note, o mio caro lettore, perchè un teologo inglese di nome Priestley faceva precisamente questi esperimenti. Egli non si curava di interpretare i fatti, li veniva osservando e registrando presso a poco come tu hai fatto; avea presso a poco la stessa curiosità che io ho in te svegliata di venire raccogliendo e studiando questa specie di corpi; nel 1767, essendo pastore della Mitthill a Leeds, il caso lo pose vicino ad una birreria, e gli prese vaghezza di fare alcuni esperimenti sulla specie d'aria che si sviluppa dalla fermentazione della birra; poi avendo cangiato di abitazione ed essendo stato privato di una sì comoda sorgente di questa specie d'aria, egli fu spinto a produrla da sè stesso, ed eccolo condotto alle invenzioni degli apparecchi che gli dobbiamo, per produrre, maneggiare e studiare questa sorta di corpi; così condotto di caso in caso, d'osservazione in osservazione, egli giunge a pubblicare quel memorabile volume delle Esperienze ed osservazioni sopra le differenti specie d'aria. Io dunque ti ho messo, o lettore, sulla medesima via calcata dal teologo inglese, e tu sei giunto ai medesimi risultamenti.

Io non so se fra i lettori di questo libriccino capiterà un teologo od un curato; se ciò fosse, mi augurerei che l'esempio del teologo inglese giovasse a convincere il teologo mio lettore, che l'amore dello studio della natura può ben stare d'accordo col più fervido sentimento religioso, e rianimasse il suo desiderio di avere esatte cognizioni sui fenomeni dell'universo. Quando un tale effetto fosse prodotto dal mio libriccino, questo avrebbe fatto un bene maggiore di quello che io mi aspettava. Dannosissima è l'assoluta ignoranza delle scienze naturali in quella parte del clero che è chiamata ad esercitare più attivamente le funzioni del proprio ministero; un pochino più di istruzione nelle cose fisiche gioverebbe a risolvere quella lotta che si è voluto impegnare tra religione e civiltà, la qual lotta, se nuoce a quest'ultima, non giova alla prima. Giacchè, cari mei teologi e parroci, bisogna piegare ai tempi; i lumi delle scienze naturali van penetrando in tutte le classi della società; il rigore del metodo sperimentale, i grandi beneficii ricavati dalle applicazioni, vanno acquistando a queste scienze tal credito che nulla può distruggere. Oggidì si ha piena fede nelle scienze fisiche, e tutti si sforzano di saperne qualche cosa; non fa meraviglia se tra i più rozzi uditori di una predica trovansene alcuni dotati di cognizioni abbastanza esatte sul fulmine, sulla pioggia, sulla grandine, ecc.. Vi accorgerete quale effetto faranno su loro certe chiacchierate dei predicatori che fanno a calci colle più elementari cognizioni scientifiche.

Tutto ciò sarebbe ben presto scansato con vantaggio della civiltà e della religione, se il clero seguisse certi consigli del defunto Arcivescovo di Parigi, il quale, più avveduto d'altri Arcivescovi di nostra conoscenza, quando il bollore crescente del 1848 minacciava ogni cosa, raccomandava al clero di conciliare l'insegnamento religioso coi dettami della scienza, e di non aggredire questa ultima se non ne voleva essere aggredito.

Sarebbe bene rinnovare quei consigli a molti dei nostri vescovi, i quali dànno nei seminarii così scarsa parte all'insegnamento delle scienze fisiche, mentre nell'insegnamento laico di tutte le altre classi della società si dà a questi studii meno scarso sviluppo: questi vescovi, odiando le scienze sperimentali, e osteggiando la loro diffusione nel clero, rammentano troppo quello che con ogni studio dovrebbero cercare di far dimenticare, vale a dire che i loro predecessori hanno trattato Galileo come Lutero! Ma rammentando tali cose dimenticano il progresso vittorioso delle scienze fisiche non ostante siffatti ostacoli, dimenticano la diffusione di questo in tutte le classi della società: cosicchè proseguendo a tenere il clero ignorante di questi studi, anzi spesso aizzandolo contro, altro non si fa che rendere sempre più profonda la divisione tra il clero ed il laicato, più viva la lotta tra la religione e la civiltà. E dei mali che da questa lotta scaturiscono sono in gran parte responsabili tutti coloro che non cercano di migliorar la educazione del clero, associando allo insegnamento della teologia quello della letteratura moderna, della storia, e degli elementi di scienze naturali.

Ma la mia digressione si fa troppo lunga, e chi sa se io ho parlato ai sordi! È meglio rivolgersi alla spicciolata ai più onesti membri del clero, ai più poveri curati, e consigliare loro di riempire questa lacuna della loro educazione intellettuale, di procurarsi cognizioni elementari di scienze fisiche, ed offrire loro i mezzi di ciò fare con minor stento possibile. Perciò io son venuto fantasticando che l'esempio del teologo inglese potesse giovare a qualche cosa per spingere qualche curato a far quella serie di esperimenti semplicissimi che ho descritto, e che potrebbero inspirargli amore a continuare. Ma io dimenticava niente meno che Priestley era teologo sì, ma teologo protestante. E col rammentar ciò temo di distruggere l'effetto che mi proponeva di ottenere. Parmi che il mio teologo lettore, spaventato di essere giunto ai medesimi risultamenti di un protestante, si decida a rompere quegli apparecchi di vetro che seguendo i miei consigli si è costruito, e che ora gli parranno invenzione diabolica. Ma raffrena, ten prego, la tua santa ira; un protestante può giungere alla verità nello studio della natura così bene come qualsiasi cattolico; anzi oggi il mondo è fatto davvero cattolico, cioè universale; senza badar gran fatta alle differenze di religione e di razza riceve le verità da tutte le parti donde vengano. Accetta dunque dal teologo inglese le verità che scoperse nella Chimica, e segui anche l'esempio suo nello innamorarti degli studii fisici. Deplorane poi, se ti piace, le opinioni religiose, nelle quali era così pertinace ed ardente che sofferse molte persecuzioni per esse; deplora, se vuoi, la sua testardaggine teologica che lo fece saldo nei suoi convincimenti, e che lo restrinse spessissimo a ritardare, e lo distolse talora dal compiere le sue ricerche sulle varie specie d'aria, le quali ricerche sono state feconde di sì grande progresso. Deploro anch'io quest'ardore teologico di Priestley, sebbene, mi affretto a confessartelo, per motivi diversi dai tuoi.

Tornando alle varie specie d'aria, vi dirò che ora si riserva il nome di aria all'aria comune, a quella che esiste nell'atmosfera; alle altre specie d'aria si dà il nome generale di corpi aeriformi, o gas. A ciascun gas si è dato un nome speciale. Così, chiamasi gas ossigeno quello preparato colla calcinazione del precipitato per sè; gas acido carbonico quello che si sviluppa nella fermentazione o nella azione degli acidi sul marmo; gas idrogeno quello che si svolge nell'azione dell'acqua acida sullo zinco; gas delle paludi quel che si sviluppa nelle paludi. Più tardi vi dirò le ragioni di alcuni di questi nomi; per ora mi basta che sappiate servirvene per indicare quei gas, che sapete già preparare e riconoscere, e per capirmi quando io ve li rammenterò.

IV

Il peso dell'aria – Aristotile e Galileo – Un pallone e una vescica non fan tutt'uno – La superficie del mare e la cima d'una montagna – L'aria in uno stantuffo – Grattoni e Sommeiller.

Ai tempi in cui Priestley scopriva varie specie di aria ossia di gas, si sapeva già che l'aria pesava, e però nessun dubitava che pesassero anche gli altri gas; ma io non ho detto sin ora come si dimostrasse il peso dell'aria, nè devo supporre che tu sapessi già ciò; poichè celebri filosofi dell'antichità non credevano al peso dell'aria. Aristotile lo sospettò ma poi mutò d'avviso, e credette l'aria senza peso; seguirono questa opinione un gran numero di filosofi innanzi di Galileo; fu quest'ultimo che dimostrò il primo il peso dell'aria. Ai tempi di Galileo non si sapevano vuotar d'aria i vasi; Galileo avrebbe ben pesato un vaso vuoto d'aria e poi lo stesso vaso pieno di questo gas; ma non potè farlo; invece egli pesò un pallone che poteva chiudersi con una specie di chiavetta: poi per mezzo d'un mantice insufflò nuova aria dentro il pallone, che riposato trovò essere cresciuto di peso; dunque crescendo la quantità d'aria contenuta in una data capacità, cresce il peso; dunque l'aria pesa.

Oggi, per mezzo di una macchina speciale, di cui dirò fra poco, si può vuotare quasi completamente d'aria un vaso; e riesce facile di provare che vuotando d'aria un pallone, per esempio, di vetro, pesa meno che quando è pieno; ecco il disegno del pallone con un suo robinetto che serve a chiuderlo quand'è già vuoto d'aria.

Qualcuno dei miei lettori crede forse che l'esperimento potrebbe farsi più semplicemente, pesando una vescica vuota, poi soffiandovi dentro e riempiendola d'aria e tornandola a riposare; ma così lo sperimento non riesce: la vescica gonfiata di aria alla bilancia pesa tanto quanto la vescica vuota. Vi dirò presto la ragione; i corpi immersi nell'aria perdono una porzione del loro peso, e precisamente perdono tanto peso quanto è quello dell'aria che scacciano, ossia dell'aria al cui posto sono. Abbiate dunque una vescica vuota; compressa così com'è, occupa poco volume, quello delle pareti: perciò pure ha poco peso; mettete questa vescica sulla bilancia, pesa, per esempio, dieci grammi; ora, soffiandoci dentro, riempitela d'aria; la vescica si gonfierà; chiudetela così gonfiata. Supponete che ci sia entrato un litro d'aria; il volume della vescica sarà cresciuto d'un litro; sposterà un litro d'aria di più, quindi se s'avrà acquistato il peso d'un litro d'aria, perderà il peso anche d'un litro d'aria, cioè il suo peso apparente non muterà; bisogna dunque pesare un pallone che vuoto o pieno d'aria occupi sempre lo stesso volume, cioè sposti sempre la medesima quantità d'aria.

Qui il lettore domanderà quanto pesi realmente un litro d'aria; anzi si maraviglia che io non l'abbia già detto: ma non senza ragione io l'ho taciuto, giacchè un litro d'aria non ha sempre il medesimo peso. Supponi che tu pesassi un pallone chiuso da un robinetto vuoto d'aria, della capacità d'un litro, e che poi aprendo quest'ultimo ci facessi entrare l'aria presa alla superficie del mare; ripesando il pallone troveresti che il litro d'aria pesa, per es., gr. 290. Collo stesso pallone nuovamente vuotato d'aria monta sopra un'altissima montagna; riempi il pallone d'aria qual si trova a quell'altezza; richiudi il robinetto, e va a pesar l'aria chiusavi, troverai che un litro di quest'aria pesa molto meno di quella raccolta in basso, e tanto meno quanto è più alto il punto in cui l'hai raccolta. Non si può dunque dire il peso di un litro d'aria, se non si indicano le condizioni in cui si trova quest'aria, giacchè nulla v'è di più mutabile che il volume occupato da una data quantità d'aria. Sai tu che puoi ben conservare un liquido in un vaso aperto; basta sostenerlo d'intorno e di sotto; ciò segue perchè le particelle del liquido non tendono a scostarsi; invece quando tu hai voluto raccogliere e conservare un gas, lo rinchiudesti da tutti i lati: perocchè le particelle dei gas tendono ad allontanarsi infinitamente, sinchè trovino una resistenza che le fermi. Ti puoi convincere di questa proprietà dell'aria e di tutti i gassi col seguente esperimento: prendi un cilindro vuoto chiuso all'una delle estremità con un robinetto; introducivi uno stantuffo senz'alcuna apertura, come dicesi, uno stantuffo cieco. Spingi lo stantuffo fin quasi al fondo tenendo il robinetto aperto; poi chiudi il robinetto del cilindro; sotto lo stantuffo avrai chiuso una piccola porzione d'aria della stessa densità dell'aria esterna. Or tira in alto lo stantuffo; la capacità nuova che rimarrà sotto lo stantuffo, sarà tosto occupata dal poco d'aria che vi è rimasta chiusa.

L'aria si estende egualmente, si spande per tutto lo spazio che le si offre; quella piccola quantità d'aria chiusa entro il cilindro può occupare qualsiasi volume che le si offra libero; tende ad espandersi sempre, a questa espansibilità non vi è alcun limite, salvo la resistenza che offrono le pareti solide o liquide. Quando una medesima quantità d'aria cresce di volume, non muta certamente di peso; dicesi allora che la sua densità diminuisce; cioè si rarefà. Se dentro il corpo di tromba la capacità fosse rimasta piena di liquido, sollevando lo stantuffo il volume del liquido non sarebbe mutato, poichè i liquidi non hanno questa forza espansiva questa è la differenza essenziale tra i corpi allo stato liquido e quelli allo stato aeriforme. Gli uni e gli altri si dicono fluidi, avendo comune la grande mobilità delle loro particelle.

Tornando alle proprietà dei gas, vi devo dimostrare che essi non solo possono crescer di volume diminuendo di densità, ma che anche possono diminuir di volume comprimendosi, crescendo perciò di densità. Servitevi della tromba sopra disegnata; tenendo aperto il robinetto di sotto, alzate lo stantuffo sino in a; poi chiudete il robinetto; la capacità a c sarà rimasta piena d'aria alla stessa densità dell'aria esterna. Or con uno sforzo abbassate lo stantuffo; l'aria che era nella capacità del cilindro non potendo più uscire, si comprimerà.

Esercitando uno sforzo sufficiente voi potete ridurre l'aria, al centesimo, al millesimo, ecc. del suo primitivo volume; cioè potete farla cento, mille volte più densa. Facendo l'esperimento descritto ti accorgerai che appena cessi di premere lo stantuffo, esso ritornerà al primitivo posto; cessando la causa comprimente l'aria ripiglia il primitivo volume, e perciò spinge lo stantuffo al posto che prima aveva.

L'aria è dunque elastica, e così in generale tutti i gas, giacchè diconsi elastici quei corpi che mutando di volume e di forma per effetto di una cagione esterna, cessata questa, ritornano com'eran prima. Facendo l'esperimento di comprimere l'aria vi accorgeste che più era compressa, più resistenza opponeva, in guisa che bisogna impiegare uno sforzo gradatamente crescente se vuolsi continuare a comprimere. Lo sforzo che noi facciamo o le pareti dei nostri apparecchi fanno sul gas per comprimerlo o tenerlo compresso, dicesi pressione; e viceversa chiamasi forza elastica o tensione lo sforzo con cui il gas resiste alla pressione; trattasi ora di farvi un'idea chiara delle cagioni che fanno mutare la forza elastica dei gas, e perciò della pressione che bisogna loro opporre per tenerli in equilibrio.

Tornate a servirvi della medesima tromba; sia lo stantuffo già in alto, la capacità a c piena di aria alla stessa densità della esterna e chiuso il rubinetto r.

L'aria chiusa è in equilibrio, esercita contro lo stantuffo e le pareti del cilindro la sua forza elastica uguale e contraria alla pressione che lo stantuffo e le pareti esercitano contro il gas. Qual è la pressione che lo stantuffo esercita sul gas? Vi dirò sin d'ora che sullo stantuffo preme l'aria esterna con una forza equivalente al peso di circa un chilogramma per ogni centimetro quadrato; dunque lo stantuffo preme l'aria chiusa dentro il cilindro con tal forza.

Per maggior semplicità supponiamo che la superficie dello stantuffo in contatto dell'aria rinchiusa sia di un centimetro quadrato. L'aria che tocca la superficie dello stantuffo sopporta la pressione d'un chilogramma, e perciò esercita contro la superficie dello stantuffo una forza elastica d'egual valore. Or abbassato lo stantuffo in b in modo da ridurre metà il volume del gas, per tenerlo così compresso bisognerà uno sforzo doppio di quello che bisognava prima; cioè se stando in a bastava sullo stantuffo la pressione atmosferica, per istare in b bisogna oltre la pressione atmosferica un'altra forza di egual valore, ciò di un altro chilogramma. Potreste accertarvi di ciò con l'esperimento: dunque il gaz riducendosi a metà di volume esercita contro la medesima superficie uno sforzo doppio; se volete abbassare lo stantuffo in modo da ridurre il volume dell'aria al terzo di quel che era al cominciamento e tenerlo così compresso, vi accorgerete che il gas esercita contro lo stantuffo una forza elastica tripla. Così troverete la seguente legge: la forza elastica d'un gas cresce quanto diminuisce il volume, cioè è in ragione inversa al volume del gaz.

Ecco in un quadro le variazioni della forza elastica esercitata contro la stessa superficie da una costante quantità di gaz che mutasse di volume.

Il volume essendo   1   la forza elastica è =   1

Il volume essendo   1/2   la forza elastica è =   2

Il volume essendo   1/3   la forza elastica è =   3

Il volume essendo   1,1000   la forza elastica è =   1000

Diminuendo il volume cresce la densità di un gas; dunque la forza elastica che un gas esercita contro un'eguale superficie è tanto maggiore quanto maggiore è la sua densità, cioè la forza elastica è in ragione diretta della densità: scrivo in un quadro i mutamenti di volume ed i mutamenti corrispondenti di densità e di forza elastica che sopporta una immutabile quantità di gas.

Se il volume è = 1   la densità è1   la forza elastica =   1

Se il volume è = 1/2   la densità è2   la forza elastica =   2

Se il volume è = 1/3   la densità è3   la forza elastica =   3

Se il volume è = 1/4   la densità è4   la forza elastica =   4

Se il volume è = 1/100   la densità è100   la forza elastica =   100

Viceversa, accrescendo il volume di un gas, cioè rarefacendolo, si diminuisce la sua densità, e nel medesimo rapporto diminuisce lo sforzo esercitato da esso contro la medesima superficie. Ciò dovete porvi bene in mente, che la forza elastica di un gas dipende dalla sua densità; se voi chiudete dentro il corpo di tromba 10 centimetri cubi di aria o 20 o 30, ecc., purchè abbia la stessa densità dell'aria atmosferica, eserciterà, sempre contro ugual superficie la medesima pressione. Perocchè sembra che lo sforzo che si esercita da un gas contro una data superficie dipenda dal solo strato di gas che tocca questa superficie; l'altra massa di gas non vi prende parte; cosicchè, purchè la porzione di gas in contatto colla superficie abbia la medesima densità, eserciterà contro di lei il medesimo sforzo, non importa qual sia l'estensione, il volume totale del gas. Un'altra cosa dovete porvi in mente per aver chiare idee delle proprietà di tutti i gas, e perciò anche dell'aria, ed è che una massa di gas rinchiusa esercita egualmente la sua forza elastica in tutte le direzioni; quando l'aria è rinchiusa dentro la tromba esercita contro tutte le pareti il medesimo sforzo che esercita contro lo stantuffo, cioè preme contro ogni centimetro quadrato colla medesima forza con cui preme sopra il centimetro quadrato dello stantuffo. Quando dunque comprimete un gas, cresce lo sforzo ch'esso esercita in tutte le direzioni; e perciò se le pareti in un sol punto non fossero abbastanza resistenti da sostener questo sforzo, si romperebbero; intendete ora come comprimendo l'aria dentro un recipiente sufficientemente resistente, si abbia a disposizione una forza che può produrre notevoli lavori dinamici.

Immaginate di far entrare poco per volta quest'aria compressa sotto uno stantuffo; lo spingerà in avanti; potete immaginare un congegno che faccia così fare un andirivieni a questo stantuffo; ed avrete la macchina di Grandis e Sommeiller: l'aria compressa è la forza motrice. Il merito dell'invenzione sta nell'aver trovato un mezzo economico di comprimere l'aria, servendosi della pressione esercitata dalle acque che vengono da grandi altezze, e nell'aver saputo usar la forza a muovere convenientemente li scalpelli.

V.

Macchina pneumatica e macchina di compressione –Un mantice adoperato da Galileo – Sperimenti varii –Sussidio agli asmatici – Barometro.

È tempo ora che il mio lettore s'informi degli artificii che s'impiegano per rarefare e condensare l' aria in vasi chiusi. Avendo inteso quel che avviene nel muovere uno stantuffo dentro un corpo di tromba, sarà facile farsi idea chiara di questi artifici, purchè s'intenda anche il meccanismo di certe porticine che si aprono e chiudono per la differenza di pressione esercitata sulle loro due facce. Queste porticine diconsi valvole, e se ne costruiscono di varie forme. È facile intendere come crescendo la pressione da un lato si aprano, e viceversa crescendo sulla faccia opposta si chiudano. Dopo ciò eccoti una piccola macchina o strumento fisico , composto di un corpo di tromba con uno stantuffo; il corpo di tromba, per un canaletto che si apre nel suo fondo, è posto in comunicazione con un piattello sul quale si può posare una campana di vetro cogli orli smerigliati, in modo che posandola sul piatto perfettamente piano e liscio per mezzo anche di un po' di sego si fa chiudere ermeticamente. Così la capacità della campana V sarà in comunicazione col corpo di tromba dentro cui movesi lo stantuffo. Potresti anche, se nel centro del piattello vi ha una vite, avvitarvi un pallone V' al quale sia stato attaccato un robinetto, per mezzo del quale si può chiudere questo pallone dopo che vi sia stata compressa o rarefatta l'aria. I due stantuffi di queste due macchinette sopra disegnate, in luogo di essere ciechi come quello che ti mostrai prima, hanno una apertura nel centro, alla quale è attaccata una porticina r (valvola) la quale può aprirsi o chiudere premendo più sull'una, o sull'altra sua faccia. Una porticina simile sta nel fondo del corpo di tromba precisamente all'apertura del canaletto che lo mette in comunicazione colla capacità della campana V o del pallone V'. Or osserva che le due porticine di uno di questi strumenti si aprono e chiudono in senso inverso di quelle dell'altro. Questa sola differenza fa sì che il primo strumento serve a rarefare l'aria nella capacità V; il secondo invece serve a comprimerla nella capacità V'; il primo dicesi macchina pneumatica, il secondo macchina di compressione.

Osserviamo quel che siegue movendo lo stantuffo nell'una e nell'altra, e ti accorgerai come la opposta disposizione delle tavole conduce a risultamenti opposti. Incominciamo dalla macchina pneumatica . Se tiri in alto lo stantuffo,

33

l'aria che vi sta sotto si rarefà, quindi scema la sua forza elastica, e preme men di prima sulle facce delle valvole; ciò fa che la valvola r premuta liberamente dalla pressione atmosferica da sopra in sotto più di quel che prema l'aria interna rarefatta, si chiude; viceversa la valvola s al fondo del corpo di tromba si apre, perchè l'aria della capacità V e del canaletto è più densa di quella che si vien rarefacendo sotto lo stantuffo. Sicchè alzando lo stantuffo si apre la comunicazione tra il corpo di tromba e la capacità V, e perciò tutta l'aria si rarefà, per la capacità maggiore che gli si offre per l'innalzamento dello stantuffo. Sia or questo in alto della sua corsa; tutta l'aria dello stantuffo come della campana V sarà alla medesima densità, minore di quella che ha l'aria esterna; così si giunge a rarefar l'aria; ma si può rarefar ancora di più facendo scendere e salire più volte lo stantuffo. Diffatto, abbassandolo torna a comprimersi l'aria che ci sta sotto e quindi cresce di forza elastica; ciò fa che la valvola s premuta più in alto che in basso si chiude, intercettando così la comunicazione tra il corpo di tromba e il canaletto e la campana. L'aria allora rimasta dentro il corpo di tromba si comprime sola, e quando lo spazio rimastovi è tale che la sua densità è maggiore dell'aria esterna, allora si apre la porticina r premuta più di sotto che di sopra dall'aria compressa. Questa porticina continua a restare aperta in tutto l'ulteriore abbassamento dello stantuffo, e per essa trova escita tutta l'aria che era dentro il corpo di tromba. Quando lo stantuffo tocca il fondo del corpo di tromba non deve più restarvi sotto aria. Tornando a rialzare lo stantuffo, torna a richiudersi la porticina r ed aprirsi quella s, e così torna a rarefarsi ancora di più l'aria della capacità V. S'intende or facilmente come alzando e abbassando lo stantuffo si rarefà sempre di più, mandando ogni volta fuori la porzione di aria che si è aspirata dentro il corpo di tromba, sinchè l'aria sia così rarefatta, che abbassando lo stantuffo non si possa più giungere a quella densità necessaria per aprire la porticina r dello stantuffo per cui deve uscire.

Osserva ora l'altra macchina, cioè quella di compressione : qui le valvole sono disposte in modo che quando lo stantuffo s'innalza, la pressione atmosferica maggiore dell'interna apre la valvola r dello stantuffo; e quando lo stantuffo discende, l'aria sottostante comprimendosi chiude la valvola r; la valvola s poi del fondo del corpo di tromba si apre quando lo stantuffo discende, per la forza elastica cresciuta dell'aria compressa, e viceversa si chiude quando lo stantuffo rimonta. Or poni in movimento questo stantuffo; quando esso si alza la valvola s si chiude, quella r si apre, quindi entra dentro il corpo di tromba l'aria esterna; abbassa lo stantuffo, la valvola r si chiude, e comprimendosi l'aria rimasta chiusa sotto lo stantuffo, apre la valvola s o va per il canaletto nella capacità V' aggiungendosi a quella che già vi era; alzando lo stantuffo, siccome subito si chiude la valvola s, così l'aria compressa in V' non potrà più tornare nel corpo di tromba, dentro cui invece entra l'aria esterna. Così si espira sempre dentro il corpo di tromba aria esterna, e si manda poi dentro la capacità V', sinchè la densità dell'aria sia tanto cresciuta che quella poca che rimane sotto lo stantuffo basti, quando questo s'innalza, a fare equilibrio alla pressione atmosferica, e perciò impedisca che si apra più la valvola r.

Puoi ora chiudere il robinetto del pallone, svitare questo pallone, e così lo avrai pieno di aria compressa, la quale preme sulle pareti interne più che la pressione atmosferica sulle esterne. Se avessi posato prima questo pallone pien d'aria alla stessa densità dell'esterna, ti accorgeresti, ripesandolo pieno d'aria compressa, che pesa di più. Questa prova fece Galileo per dimostrare il primo il peso dell'aria; soltanto per comprimerla dentro il pallone, non essendo ancora inventata la macchina di compressione sopra descritta, si servì di un soffietto, o per meglio dire di un buon mantice. Ma, alla fine, che cosa sono i mantici se non macchine di compressione? Difetto in essi, in luogo di accrescer la capacità coll'innalzamento di uno stantuffo, si accresce sollevando le pareti di cuoio piegate prima; in essi vi ha una valvola per cui entra l'aria esterna, e che si chiude quando l'aria interna si comprime; aggiungi una valvola al canaletto in modo simile a quella che è al fondo del corpo di tromba, e potrai fare una mediocre macchina comprimente. Galileo attaccò il tubo del soffietto al suo pallone, e chiudeva subito il robinetto, appena il mantice abbassato aveva compresso l'aria quanto poteva. Egli non potè certamente comprimerla tanto come oggi si fa colla macchina sopradescritta; pur la compresse abbastanza per accorgersi dell'accrescimento di peso del pallone. Oggi che si sa anche rarefare l'aria colla macchina sopra descritta, si dimostra il peso dell'aria rarefacendo l'aria dentro il pallone sopra disegnato, pesando il pallone chiuso, quindi facendovi entrar l'aria esterna e dimostrando l'accrescimento di peso, il quale è poi maggiore se l'aria vi si comprime dentro con una densità maggiore. Così si è anche calcolato il peso di un dato volume d'aria ad una data temperatura e ed una data pressione. Tu intendi ora qual serie di esperimenti dovettero i fisici fare, appena scopersero il mezzo di diminuire o crescere la densità dell'aria in una data capacità. Essi poterono porre in chiaro gli effetti della pressione atmosferica, osservando cosa seguiva col variare di essa; poterono anche dimostrare tutti gli effetti che l'aria ha, non solo per la pressione, ma anche per la sua composizione, cioè spiegare tutti gli effetti meccanici, fisici, e chimici dell'aria. Ti narrerò alcune di queste esperienze. Poni sotto la campana V della macchina pneumatica un animaletto, un uccello, un topo; rarefà l'aria, ed osserva gli effetti che sieguono per la scemata pressione su tutte le superficie interne ed esterne dell'animale, e per la mancanza di questo necessario alimento della respirazione animale. L'effetto più notevole che osserverai, sarà l'asfissia dell'animale, dovuta alla mancanza dell'aria; non avrai tempo ad accorgerti degli effetti della scemata pressione sulla superficie del corpo. Se poni l'animale in una capacità entro cui comprimi l'aria, ti accorgerai che la respirazione si fa più lenta, poichè l'animale in ogni inspirazione manda ai suoi polmoni un più grande peso di aria; si osserva anche che la temperatura dell'animale sulle prime si accresce, perchè il calore animale proviene dalla massa di ossigeno che agisce sul sangue. Se simili esperienze farai con una fiamma, osserverai che brucia più stentatamente, sino a spegnersi nell'aria rarefatta, e più vivamente nell'aria compressa, come sai che fa nell'ossigeno puro. Tu spieghi ben ora la ragione di questi effetti, conoscendo già che è l'ossigeno quello che mantiene la respirazione e la combustione. Facendo però questi esperimenti in apparecchi chiusi, è utile che sin d'ora io ti ponga in avvertenza, che mano mano che un animale respira o una fiamma brucia in uno spazio chiuso, l'ossigeno dell'aria vien consumato, cioè si muta in un altro corpo che non mantien più nè la respirazione nè la combustione. Ciò fa che anche dentro una capacità piena d'aria compressa, un animale dopo qualche tempo si asfissia, ed una fiamma si spegne, quando hanno consumato la più gran quantità di ossigeno che vi esisteva. Ma su questi mutamenti chimici che avvengono nell'aria per effetto della respirazione e della combustione tornerò a parlarti più tardi, se me ne ricorderò.

Avendoti ora detto che un animale respira meglio in un'aria compressa, tanto più se è rinnovata, tu ti sarai detto: potrebbe farsi un'utile applicazione di ciò per migliorare le condizioni della respirazione degli uomini che soffrono in questa funzione per diverse ragioni. Ti risponderò incominciarsi a praticare questo mezzo: si son costruiti apparecchi, per mezzo dei quali si manda sempre nuova aria compressa, e si caccia fuori quella che ha già servito, in alcune grandi campane, specie di camere, dentro le quali gli ammalati possono respirare un'aria artificialmente compressa e rinnovata. Lasciamo che l'esperienza pronunci sugli effetti di questo nuovo trovato medico.

Avendoti più volte parlato della forza elastica dell'aria, non posso sfuggire il descriverti lo stromento che serve a misurarla. Rammenterai che dicemmo forza elastica dell'aria lo sforzo che questa esercita contro l'unità di superficie che tocca, per esempio, ogni centimetro quadrato. Misurar la forza elastica dell'aria vuol dire misurar questo sforzo, ossia scoprire a quanto peso equivale. Parrebbe allora a te facilissimo congegnare un artificio col quale tradurre in peso questa forza elastica. Se dovessi, a cagion d'esempio, misurare la forza elastica di un'aria rinchiusa dentro un vaso, misureresti la pressione esercitata contro un centimetro quadrato delle pareti di esso, facendo prima una apertura di questa superficie, chiudendola con una porticina, ed osservando il peso che bisogna sovrapporre a questa porticina perchè la forza elastica dell'aria rinchiusa non la apra. Ma in pratica vi han tante difficoltà che rendono inesatto questo metodo di misura; e te ne dirò alcune: 1.a Sulla porticina preme l'aria esterna; bisogna dunque contare come peso che la tien chiusa la pressione dell' atmosfera; 2.a Quando anche questa pressione si potesse calcolare con esattezza, restano ancora da calcolare gli attriti e le aderenze che concorrono a tener chiusa la porticina insieme ai pesi soprapposti. Tuttociò fa che si preferisce misurare la forza elastica dell'aria, sia libera, sia rinchiusa, misurando l'altezza della colonna di un liquido che può esser tenuta sospesa dall'effetto della pressione, prodotto della forza elastica dell'aria: tanto più che questo mezzo può essere applicato ad aria libera, al quale quell'altro della porticina potrebbe difficilmente applicarsi in pratica. Bisogna adunque ch'io ti spieghi alla meglio come l'altezza di una colonna liquida possa servire a misurare le forze elastiche dei corpi gasosi e specialmente dell'aria.

Osserva nell'apparecchio qui disegnato il tubo c t a aperto alle due estremità; con la estremità a è in comunicazione colla capacità della campana R, coll'altra estremità è in comunicazione coll'aria esterna (non ti curare dell'altro tubo posto a dritta, il quale ci servirà per un altro esperimento).

Dentro il tubo t vi ha un po' di mercurio, messovi prima che la campana R sia adattata sul piattello; posa or la campana sul piattello e con sevo favvela aderire così bene che l'aria non possa passarvi. Hai così rinchiuso dentro la capacità della campana R aria allo stesso stato di densità della esterna, epperciò avente la medesima forza elastica. Il mercurio è allo stesso livello nei due rami del tubo c t (nel disegno non è così, giacchè vi è rappresentato in altro stadio della esperienza). Qui alcuno de' miei lettori più dotto degli altri esclamerà: Ma ciò si sa! È una vecchia istoria che lo stesso liquido, nei tubi comunicanti, si eleva alla stessa altezza, qualunque sia la forma dei vasi. Tanto meglio se il mio lettore conosce ciò; ma mi accorgo che nell'aver annunciato quella legge generale gli è sfuggita una circostanza importantissima, ed è questa: purchè le superficie del liquido, nei vari rami dei tubi comunicanti, siano sottomesse egualmente alla pressione atmosferica. E l'apparecchio che or ti sto mostrando ti proverà l'importanza di aggiungere questa clausula a quella legge. Difatto, se nel tubo t c si scema la forza elastica dell'aria che preme in t, allora il mercurio si innalzerà più da questa parte, per effetto della pressione atmosferica esterna maggiore della interna. Se hai dunque una macchina pneumatica, adatta la campana R portante i due tubi sul piattello di questa macchina, rarefà l'aria interna, e ti accorgerai che più l'aria è rarefatta, tanto più il mercurio si innalza nel tubo t, sino ad un certo limite. – Non ti curar per ora di quel che avviene nell'altro tubo a dritta. – Questo esperimento ti dimostra che se sulle prime il mercurio era alla stessa altezza nei due rami del tubo c t, ciò era perchè l'aria rinchiusa nella campana R trovandosi alla stessa densità e temperatura della esterna, avea la medesima forza elastica, epperciò produceva sulla superficie del mercurio in t la stessa pressione che l'aria libera esterna; diminuendo però la densità di quest'aria rinchiusa, scema la sua forza elastica, ed il mercurio si innalza dalla parte in comunicazione con quest'aria rarefatta, e la differenza di livello fra le due colonne di mercurio misura la differenza che corre tra la forza elastica dell'aria esterna premente in c e di quella interna premente in t. Or se potessi fare in t totalmente il vuoto, cioè ridurre a zero la forza elastica del gas che vi preme, allora la differenza di livello tra le due colonne di mercurio equivarrebbe alla sola pressione atmosferica, e la misurerebbe; quanto maggiore sarebbe la pressione atmosferica, tanto maggiore sarebbe la differenza dei livelli; cioè l'altezza della colonna liquida tenuta sospesa dal solo effetto della pressione esercitata dall'aria alla superficie libera. Questo si fa nei due apparecchi qui disegnati: sono due barometri, uno a pozzetto , l'altro a forma di sifone .

Nella parte superiore del tubo chiuso vi ha il vuoto perfetto, quindi la differenza tra il livello del mercurio all'interno del tubo chiuso, e quello del mercurio nella superficie sottomessa alla pressione atmosferica, è dovuta all'effetto della forza elastica dell'aria, e serve a misurarla.

Vuoi provare che è così? Rompi il tubo barometrico nell'estremità chiusa in o, l'aria esterna vi penetrerà, esercitando la sua forza elastica, ed il mercurio discenderà dentro il tubo, ponendosi infine allo stesso livello di quello in comunicazione coll'aria esterna.

Or ti verrà la curiosità di sapere come si fa a fare il vuoto nella parte superiore di questi tubi. Ecco il modo: prendi un tubo , avente circa novanta centimetri di lunghezza, chiuso da una estremità o', aperto dall'altra a'; poni l'estremità chiusa in basso, e riempi interamente il tubo di mercurio, poi chiudendo l'estremità aperta a' col dito, rovescia il tubo, ed immergi questa estremità aperta in un pozzetto pieno di mercurio: allora togli il dito, vedrai discendere il mercurio, lasciando uno spazio vuoto nella parte superiore del tubo, e si fermerà quando il livello interno n sarà ad una altezza di circa 76 centimetri al dissopra del livello del pozzetto. Ciò avviene perchè la pressione atmosferica non può reggere una più alta colonna di mercurio, e quindi il mercurio discendendo nel tubo sino ad n lascia lo spazio o n del tutto vuoto. Questo spazio del tutto vuoto dicesi camera barometrica. Perchè il vuoto vi sia davvero compiuto, è necessario che il tubo sia stato prima scaldato ed il mercurio bollitovi dentro, affinchè si purghi di quell'aria e di quella umidità che restano aderenti alle pareti del vetro; se ciò non si fa, l'aria e l'umidità portandosi nella camera barometrica, vi formano un'atmosfera dotata di una certa forza elastica, epperciò la colonna barometrica in questo caso non indica che la differenza tra la forza elastica interna e l'esterna. Per riempire adunque le canne barometriche bisognano queste cure che ho qui appena accennate. Ma son venuto bel bello adoperando la parola barometro, senza dartene una rigorosa definizione. Che vuoi! Non son molto amico delle definizioni, e mi pare che quel che ho detto ti basterà per fartene una da te stesso; dirai: il barometro è uno stromento che serve a misurare la forza elastica dell'aria, per mezzo dell'altezza d'una colonna liquida che ne è sorretta. Si dà anche il nome di barometro ad altri stromenti che servono a misurare la forza elastica dell'aria, con mezzi diversi. In verità si suol dire che il barometro serve a dimostrare ed a misurare il peso dell'aria; ma ciò non è scrupolosissimamente esatto, giacchè il barometro direttamente non misura che lo sforzo che esercita quell'aria che tocca la superficie libera del mercurio. Ecco, riprendiamo l'apparecchio sopra disegnato; alla campana R vi ha sulla dritta un barometro B già bello e fatto, ed alla sinistra vi ha quel tubo c t' che già conosci; poni la campana R sul piattello di una macchina pneumatica, facendovela ben aderire, come già ti dissi; avrai chiuso dentro la campana R tanta aria quanta ve ne cape; osserva il barometro B; l'altezza della colonna riman la stessa, ed or sulla superficie libera del mercurio non agisce che l'aria di dentro la campana: lo stesso effetto sarebbe seguito se la campana fosse tanto piccola quanto si può. Dunque la forza elastica dell'aria, la pressione che essa esercita sulla superficie, non dipende dal volume totale, dalla massa dell'aria, ma soltanto dalla densità e temperatura a cui si trova. In guisa che sia la campana tanto piccola quanto si voglia, purchè l'aria vi sia alla stessa densità e temperatura dell'esterna eserciterà sul barometro la medesima pressione. Tu ti accorgi dunque come sia inesatto il dire che il barometro misuri direttamente il peso dell'aria. Or incomincia a rarefar l'aria della campana; il barometro si abbasserà, e se dentro la campana potessi fare il vuoto tanto perfetto come è nella camera barometrica, giungeresti ad avere il mercurio allo stesso livello nei due rami del barometro B, essendo allora nulla la pressione sull'una e l'altra superficie: ma a ciò non si perviene giammai colle nostre macchine pneumatiche. È curioso confrontare quel che siegue nel barometro B, con quel che siegue nel tubo c t, in comunicazione in c coll'aria esterna: nel barometro diminuisce la differenza di livello, invece nel tubo c t' cresce. Perchè, come ti dissi, diminuendo in t la forza elastica dell'aria che si lascia liberamente agire in c, si va facendo un barometro, mentrechè l'altro barometro, rimanendo intatto, non fa che misurare la forza elastica decrescente dell'atmosfera chiusa sotto la campana. Salendo con un barometro sopra alte montagne, si osserva che l'altezza della colonna barometrica diminuisce. Gay Lussac in un globo areostatico essendosi innalzato sino all'altezza di settemila metri, vide discendere il mercurio di un barometro a 32 centimetri.

Appena il barometro fu scoverto da Torricelli, discepolo di Galileo, verso il 1643, Pascal cercò di dimostrare il variare della forza elastica dell'aria alle varie altezze; egli fece una prima esperienza comparando l'altezza della colonna barometrica al piede ed alla sommità di un'alta torre; si accorse che all'alto della torre (di S.t Jacques de la Boucherie a Parigi) la colonna barometrica era due linee più bassa che nella strada. Più tardi egli fece eseguire altre esperienze comparative al piede ed alla cima di una montagna. Il barometro anche nel medesimo luogo non è immobile, perchè la forza elastica dell'aria che esso misura varia dentro certi limiti. Alcune variazioni della forza elastica dell'aria sono connesse a mutamenti metereologici; da ciò segue che il barometro qualche volta dà alcuni indizi della pioggia, dei venti, ecc., ma nell'apprezzare il valore di questi indizi non bisogna mai dimenticare ciò che il barometro misura direttamente, cioè la forza elastica dell'aria, di cui variazioni eguali possono coincidere con fenomeni meteorologici opposti, tanto più nelle stagioni diverse, o in diversi luoghi.

Siccome mi preme che il mio lettore abbia idea chiara dell'uso del barometro, voglio ancora fermarmi sulla sua teoria, o per dir più esattamente, voglio narrare alcuni esperimenti che lo salvino da alcuni errori. – Bisogna figgersi bene in mente che la pressione atmosferica è misurata dalla differenza di livello del mercurio, cioè della altezza misurata sulla verticale, ossia sulla direzione del filo a piombo. Per convincervi di ciò, supponete di aver fatto vari barometri di forme differenti, e di immergerli tutti nello stesso pozzetto: vi accorgerete ben tosto che tutti i livelli superiori del mercurio sono nello stesso piano orizzontale, qualunque siano il diametro, la forma e la inclinazione del tubo. Dunque non è la lunghezza assoluta della colonna di mercurio che bisogna misurare in un barometro, ma bensì l'altezza della colonna al dissopra dell'altro livello del mercurio, contata nella direzione verticale. Da ciò ti accorgi come è mestieri che quando la graduazione di un barometro è attaccata allo stesso tubo, perchè la misura sia esatta bisogna che il tubo sia disposto esattamente verticale; puoi da te stesso con un barometro provare l'importanza di questa precauzione, inclinandolo diversamente; vedrai allora che, benchè la colonna rimanga realmente alla stessa altezza, pure corrisponderà a punti diversi della graduazione.

Per evitare questa causa di errore, si sospendono i barometri in modo che da loro stessi si pongano nella direzione verticale.

Conosciuta, ora l'altezza della colonna barometrica sorretta dalla forza elastica di un'aria, sia libera sia rinchiusa, come si fa a calcolare in peso la forza elastica esercitata sopra l'unità di superficie? Per isfuggire una lunga digressione sul proposito, permettimi di usare un artificio. Supponi che alla superficie libera del mercurio di un barometro a sifone tu sostituissi in luogo della superficie d'aria che vi preme, una parete solida resistente, e tenuta lì immobile, facendo corpo colle pareti laterali. È facile immaginare che il mercurio premerà ora contro la parete del vetro come faceva prima contro l'aria, e viceversa, che la parete solida eserciterà contro il mercurio uno sforzo uguale a quello che prima esercitava l'aria. Or dunque, se tu calcoli lo sforzo che il mercurio fa contro un centimetro quadrato della parete di vetro, saprai già quel che esso fa e riceve in un centimetro quadrato dalla forza elastica dell'aria. Or si dimostra che qualunque sia la forma di un vaso pieno di liquido, la pressione esercitata su di una data superficie delle pareti è eguale al peso di una colonna di liquido che abbia per base la superficie considerata, e per altezza quella del liquido al dissopra del punto della parete. Così, sia il livello del mercurio alto 76 centimetri al dissopra della parete considerata, allora ogni centimetro quadrato di questa parete sarà premuto da una forza equivalente al peso di un cilindro di mercurio che abbia per base un centimetro quadrato. Or quel che è della parete di vetro è dell'aria, che premendo sulla superficie libera del mercurio fa le veci di parete: dunque lo sforzo che il mercurio fa contro l'aria e quel che l'aria fa contro il mercurio è, in un centimetro quadrato, uguale al peso di una colonna di mercurio che ha questa superficie per base, e per altezza l'altezza barometrica. Trattasi dunque di sapere il peso di queste colonne di mercurio: ecco come si fa il calcolo:

Un centimetro cubo di mercurio pesa 13 gr. 6; 76 centimetri cubi pesano 76 volte 13 gr. 6 ossia 1033 gr. 6 cioè circa un chilogramma. Questa è la pressione esercitata sopra un centimetro quadrato se il barometro segna 76.

Bisogna notare che siccome il calore dilata il mercurio, così non a tutte le temperature un centimetro cubo di mercurio pesa esattamente lo stesso; perciò una stessa altezza barometrica a temperature differenti può corrispondere a pressioni differenti. Se si vuole una scrupolosissima esattezza, convien fare questa correzione; nelle osservazioni ordinarie si può trascurare.

Per voler semplificare dimenticava di dirvi che siccome il mercurio, come tutti gli altri corpi, si dilata col riscaldamento, così non è assolutamente uguale il peso di un dato volume di mercurio a tutte le temperature: per calcolare adunque in peso la pressione atmosferica, bisogna notare anche la temperatura dell'ambiente, per poter con maggior esattezza calcolare qual sarebbe l'altezza barometrica se la temperatura fosse ridotta a zero, temperatura a cui si è convenuto riferire le osservazioni esattissime. Perciò in ogni barometro vi ha a fianco un termometro. Però, per quel che a te può servire il barometro, questa correzione dell'altezza barometrica per la temperatura può esser trascurata; se ti ponessi a far osservazioni metereologiche, sarebbe bene notare almeno la temperatura del momento in cui le osservazioni barometriche sono state fatte.

Per non lasciartela ignorare, debbo anche avvertirti di un'altra correzione che suol farsi, cioè quella dovuta alla capillarità del tubo, tanto più se è di diametro ristretto. Per far questa correzione bisognerebbe conoscere esattamente il diametro del tubo barometrico. Si è calcolato di quanto si deprimono le colonne di mercurio nei tubi di vario diametro per effetto della capillarità; ti porrò alcuni numeri di questa tavola, esprimendo i millimetri, il diametro del tubo, o la depressione della colonna di mercurio.

Diametro interno del tubo   Depressione

2 mill.   4 mill., 454

10 mill.   0 mill., 445

20 mill.   0 mill., 638

Se dunque il diametro dei tubo barometrico è superiore a 10 millimetri, la correzione da fare essendo minore di 1/2 millimetro, può essere trascurata nelle ordinarie osservazioni barometriche. Se però ti proponessi una grande esattezza nelle osservazioni; puoi far le correzioni servendoti delle tavole appositamente fatte, purchè, s'intende, tu conosca il diametro interno del tubo. Nel caso che tu lo ignorassi, misura il diametro esterno, e sottrai da esso 2 mill., 3 se è di circa 10 mill., 2 mill. 5 se è di circa 12 mill. e così calcolerai abbastanza approssimativamente l'interno diametro del tubo. Nelle forme di barometro a sifone questa correzione della capillarità non si deve fare, se il tubo è dello stesso diametro nei due rami del sifone, perchè allora agisce ugualmente in senso inverso.

Or vi dirò per sommi capi la cagion principale che fa variare la forza elastica dell'aria alle varie altezze, perchè così abbiate un'idea abbastanza esatta della costituzione fisica dell'atmosfera.

VI.

Peso dell'aria a varie altezze – Aria scaldata in una bottiglia chiusa. – Peso specifico di parecchi gas.

L'aria pesa; quindi ogni strato d'aria sostiene la pressione prodotta dal peso degli strati d'aria che gli stanno sopra; l'aria si riduce per effetto di questa pressione a quella densità conveniente per isviluppare una tensione eguale e contraria alla pressione che sopporta. Questo strato d'aria compresso reagisce colla sua tensione in tutte le direzioni, e perciò l'esercita anche contro lo strato d'aria che gli sta sotto; oltre a ciò premerà su questo strato col suo peso. Supponete 10 strati d'aria sovrapposti; cominciando a contar dal superiore li indico coi numeri 1, 2, 3, 4, ecc. Lo strato 2 sopporta la pressione del 1, quindi è più denso di quest'ultimo; lo strato 3 regge la pressione del 2 proveniente dalla sua forza elastica; ciò solo basterebbe a metterlo allo stesso stato di densità del 2; ma oltre a ciò sopporta il peso di questo strato sovrapposto; e perciò divien più denso per isviluppare più tensione, così via via discendendo, cresce la tensione che ciascuno strato deve isviluppare per resistere alle pressioni che sopporta, e perciò cresce la sua densità, ossia la quantità di materia contenuta in egual volume. Ciò vi spiega quel che vi dissi sopra, che un litro d'aria preso alle diverse altezze non pesa egualmente; or vi viene spontanea la dimanda: l'atmosfera ha un limite, al di là del quale non vi è più aria? Risponderò più tardi a questa dimanda.

Parlandovi delle variazioni della forza elastica dei gas al mutar delle loro densità, ho supposto che si mantenesse costante il grado di riscaldamento, la temperatura. Ma la forza elastica di un gas, ossia la tensione, cresce col riscaldamento. Per provarlo basta far il seguente esperimento, adoperando la stessa tromba sopra disegnata. Sia lo stantuffo in b e la capacità c b del corpo di tromba sia piena d'aria alla densità ed alla temperatura di quella esterna. Chiuso il robinetto, quest'aria interna rimarrà rinchiusa; lo stantuffo starà in equilibrio, perchè è premuto dissotto dalla tensione dell'aria chiusa, dissopra dalla tensione dell'aria esterna. Immergete ora la tromba dentro un bagno caldo, l'aria interna scaldandosi crescerà di forza elastica, spingerà in alto lo stantuffo; se volete tenere lo stantuffo al suo posto, cioè, se non volete far mutar il volume dell'aria rinchiusa, bisogna far contro lo stantuffo uno sforzo che sia eguale all'accrescimento della forza elastica cagionato dal riscaldamento.

Dunque, rimanendo costante il volume del gas, e perciò la sua densità, il riscaldamento ne cresce la forza elastica, e perciò la pressione che bisogna opporgli per tenerlo in equilibrio. Potreste fare l'esperimento in un modo più semplice; prendete una bottiglia ordinaria, chiudetela con un buon turacciolo di sughero; il turacciolo sarà premuto internamente dall'aria rinchiusa, esternamente dalla pressione dell'aria esterna; scaldate ora la bottiglia immergendola, per esempio, in un bagno d'acqua calda; l'aria interna crescendo di forza elastica spingerà il turacciolo in fuori; se volete tener questo, bisogna premerlo da fuori in dentro con una forza eguale all'accrescimento di forza elastica prodotta dal riscaldamento dell'aria interna. Ponetevi dunque bene in mente ciò: senza mutare il volume di un gas, ossia la sua densità, se ne può aumentare la tensione riscaldandolo; se però non si volesse mutare la forza elastica di un gas scaldandolo, bisogna lasciarlo crescere di volume, perciò diminuire di densità. La tromba sopra descritta vi gioverà a farvi di ciò una chiara idea: quando l'aria rinchiusa si riscalda, e lo stantuffo non è premuto che dalla pressione atmosferica, esso è spinto fuori sinchè l'aria interna, dilatata sufficientemente, torni ad aver la forza elastica che aveva prima di essere scaldata. Dunque il riscaldamento dilata l'aria ed i gas in generale, quando non muta la pressione che deve far equilibrio alla loro tensione.

Gli effetti notevoli prodotti dal mutar di pressione e di riscaldamento sul volume occupato dalla medesima massa di aria vi fanno prevedere che, quando si vuol indicare il peso di un dato volume d'aria, bisogna indicare il grado di riscaldamento a cui si trova, e la pressione che sopporta in una data superficie, per esempio, in un decimetro quadrato. Così possiamo ora dire il peso di un litro d'aria, sottomesso alla pressione di 103 chilogrammi per ogni decimetro quadrato, e alla temperatura a cui è costantemente il ghiaccio quando fonde, cioè al grado 0 dei termometri centigradi.

Il peso di un litro d'aria in queste condizioni è 1,gr. 293.

Un litro di un altro gas in condizioni eguali non pesa egualmente; così nelle altre condizioni indicate per l'aria,

Un litro d'ossigeno pesa   1,gr. 429

Un litro d'idrogeno pesa   0,gr. 089

Un litro d'acido carbonico pesa   1,gr. 977

Vi accorgerete che un litro d'ossigeno pesa 16 volte un litro d'idrogeno in eguali condizioni, un litro d'acido carbonico pesa 22 volte un litro d'idrogeno; un litro d'aria pesa 14 1/2 volte un litro d'idrogeno. Dicesi che i pesi specifici, cioè, i pesi di volumi uguali in eguali condizioni, dell'idrogeno, dell'ossigeno, dell'acido carbonico e dell'aria, stanno come i numeri 1: 16: 22: 14 1/2: eccovi dunque un'altra differenza tra i varii corpi aeriformi, ossia gas; è differente il loro peso specifico. Il più leggiero di tutti i gas è l'idrogeno, quel che si sviluppa per l'azione degli acidi sullo zinco o sul ferro; perciò si empiono di questo gas palloni aerostatici, i quali devono essere più leggieri che il volume dell'aria da loro spostata.

Una cosa importante a notare è che il rapporto tra i pesi di volumi eguali dei gas si conserva costante, qualunque sia l'uguale pressione e l'eguale temperatura nelle quali sono comparati; così un litro d'ossigeno pesa 16 volte un litro d'idrogeno nelle condizioni sopra indicate. In condizioni diverse, per esempio, alla temperatura dell'acqua bollente ed alla metà pressione, cioè di 515 chilogrammi per decimetro quadrato, sì un litro di ossigeno che uno di idrogeno peseranno meno, ma il peso del primo sarà sempre 16 volte quel del secondo; ciò vuol dire che eguali mutamenti di temperatura e pressione mutano egualmente il volume di varii gas. Dunque se voi esprimerete il peso assoluto di un litro di gas, dovete dire a qual temperatura ed a qual pressione è; se esprimete il suo peso specifico comparato al peso specifico di un altro gas, non bisogna indicare queste condizioni. Se convenite di comparare i pesi specifici di tutti i gas a quel dell'idrogeno preso per unità, vi basta dire che il peso specifico dell'acido carbonico è 22, cioè il peso di un volume qualsiasi di acido carbonico è 22 volte il peso di un eguale volume d'idrogeno, purchè tutti e due i gas sieno ad egual temperatura e ad eguale pressione. I fisici sogliono comparare i pesi specifici dei varii gas a quello dell'aria preso per unità; così chiamando 1 il peso di un volume d'aria, il peso di un volume di idrogeno è espresso da un numero che sia 14 1/2 più piccolo dell'unità, cioè dalla frazione decimale 0,0692. Scrivo in una tavola i pesi specifici dei vari gas riferiti al peso dell'aria preso per unità, od al peso dell'idrogeno preso per unità.

NOME dei GAS PESO d'un litro alla temperatura 0, ed alla pressione di 103 chilog, per decim. quad.   PESO d'un volume di gas comparato al peso d'un egual volume d'idrogeno preso per unità.   PESO d'un volume di gas comparato al peso d'un egual vol. d'aria preso per unità.

Aria 1, gram. 293   14 1/2   1,000

Idrogeno 0, » 089 1   0,0692

Ossigeno 0, » 42916   1,705

Acido carb.   0, » 97722   1,529

Notate come nei numeri esprimenti i pesi di volumi eguali dei varii gas, comparati tra loro, non vi è indicazione nè di grammi nè di altra unità di peso; giacchè questi numeri esprimono i rapporti tra i pesi di volumi eguali di varii gas, qualunque sieno questi volumi, e qualunque sieno le temperature e le pressioni alle quali sono, purchè sieno eguali per tutti. Io scommetto che il lettore avrà trovato più semplici i numeri riferiti al peso dell'idrogeno preso per unità; ed in vero sarebbe il sistema più razionale, quello di comparare i pesi dei varii gas al peso dell'idrogeno, che è il più leggiero di tutti.

Non ostante, i fisici hanno sinora usato i numeri riferiti al peso dell'aria preso per unità; la ragione è, che essi, pesando un gas, lo comparavano subito al peso di un egual volume di aria, che potevano procurarsi facilmente. Debbo avvertirvi che l'aria a cui erano comparati i pesi specifici degli altri gas, era prima depurata dalla umidità, e da altri gas che sogliono esservi accidentalmente mischiati.

I numeri esprimenti i varii pesi di volumi eguali diconsi densità relative.

VII

Diffusione dei gas. – Sperimento di Berthollet. – La grotta del cane. – Pericoli nelle cantine.

Or che sapete che le densità dei gas sono tanto differenti, vi viene spontanea la dimanda se i gas più pesanti vanno al fondo ed i più leggieri in alto; se fanno insomma come i liquidi diversamente densi, i quali, quando non si mischiano, si sovrappongono nell'ordine delle loro densità.

Rammentate che, agitando l'acqua e l'olio, lasciandoli in riposo si separano ben tosto; l'olio va alla superficie perchè più leggero, cioè perchè un volume di olio pesa meno di un egual volume di acqua. Parrebbe che lo stesso dovrebbe seguire tra l'acido carbonico e l'idrogeno; il primo essendo più pesante dovrebbe andare al fondo, ed il secondo in alto. Sapete già preparare questi due gas, raccoglierli, e riconoscerli; fate dunque da voi stessi la prova. Sotto una campana capovolta sull'acqua fate arrivare prima metà d'idrogeno, e poi metà d'acido carbonico, poi esplorate la natura dei gas in tutte le altezze della campana; troverete che per tutto vi è acido carbonico ed idrogeno in egual proporzione sì in alto che in basso. E per quanto lasciate in riposo quei due gas, non si separeranno mai.

Non solo quei due gas mischiati non si separano, ma anche sovrapposto il più pesante sotto ed il più leggero sopra, si mischiano dopo qualche tempo, non ostante il perfetto riposo, e non ostante che comunichino per una piccolissima apertura.

Berthollet ha fatto su quest'argomento l'esperimento seguente.

Riempì di acido carbonico un pallone A riunito, per mezzo di un tubo stretto, a un altro pallone H posto al dissopra, e ripieno di gas idrogeno alla medesima pressione e alla medesima temperatura dell'acido carbonico.

I robinetti r r essendo chiusi, l'apparecchio fu posto nelle cantine dell'osservatorio di Parigi, nelle quali la temperatura non variava, ed ove non vi era alcuna scossa. Furono aperti i robinetti, e dopo qualche tempo si trovò in tutti e due i palloni un miscuglio uniforme dei due gas, benchè le loro densità fossero tanto differenti. Questo movimento dei due gas l'uno verso l'altro, dicesi diffusione.

La qual cosa siegue, qualunque sia la natura dei gas messi in contatto. Un gas dunque si espande per lo spazio occupato da un altro gas, come se questo spazio fosse vuoto. Perciò, per tenere limitato il volume di un gas, bisogna chiuderlo con superficie solide o liquide. Ma se un gas si espande nello spazio occupato da un altro gas come se fosse vuoto, ciò non avviene tanto instantaneamente, quanto in uno spazio vuoto. Se il gas più pesante è messo al dissotto, ed il più leggiero al dissopra, possono restare divisi per qualche tempo, il loro miscuglio avviene lentamente, ma una volta mischiati non si separano più. Si può tenere per qualche tempo un vaso pieno di acido carbonico, aperto sopra, come si terrebbe un vaso pieno di acqua, senza che vi si mischi notevole quantità di aria. Vi ha di più; si può travasare il gas acido carbonico da un vaso nell'altro. Sia la campana a piena di questo gas, e la campana b piena di aria, capovolgete la prima sulla seconda, come osservate nella figura ; tutto l'acido carbonico scenderà nella campana b, e l'altra si empierà d'aria. In questo travasamento un po' d'aria pur si mischia, ma così poca da non nascondere i caratteri di questo gas, principalmente quello di spegnere il lume immersovi. Non dimenticate però che dopo qualche tempo, lasciando la campana aperta, l'aria vi si mesce, ed alla fine non vi troverete che aria comune, essendosi l'acido carbonico diffuso per tutta l'atmosfera. In verità, voi potreste riempire un vaso di gas acido carbonico, facendovelo giungere al fondo; mano mano che giunge sposta l'aria; ma è più sicuro raccogliere questo gas, come gli altri, in un vaso pieno d'acqua capovolto ed immerso colla bocca in una tinozza piena dello stesso liquido.

Ciò che vi ho detto vi spiegherà i fatti seguenti. In alcune località esce da fessure della terra gas acido carbonico; questo gas sta per qualche tempo al basso, e non si diffonde per l'atmosfera che lentamente. Avviene così in una grotta nelle vicinanze di Napoli, detta Grotta del cane; sino all'altezza del ginocchio di un uomo vi è questo gas, sopra vi è aria comune; l'uomo vi respira bene, perchè ha la testa immersa nell'aria, ma un cane vi si asfissia, avendo la testa nello strato pieno di gas acido carbonico. Un lume acceso brucia nella parte superiore, e si spegne in basso. Con un lume acceso poi potete accorgervi della natura dell'aria alle varie altezze. Un fatto simile avviene nelle cantine in cui si è messo a fermentare mosto di uva; essendovi una sorgente continua di gas acido carbonico, esso si raccoglie al basso scacciando l'aria. Chi entrasse in queste cantine vi si asfissierebbe. Giova dunque, prima di scendere, provare se vi è aria, o gas acido carbonico, il che si fa immergendovi un lume acceso. Se la fiamma brucia bene, vuol dire che vi è aria; se brucia stentatamente, vuol dire che l'aria è mista a molto gas asfissiante; se si spegne, vuol dire che è in gran parte gas acido carbonico. In qualsiasi spazio però comunicante coll'aria esterna, ove cessa lo sviluppo del gas acido carbonico, quel che c'è dopo qualche tempo si diffonde per l'atmosfera, e l'aria viceversa per questo spazio.

Or vi spiegherete perchè in tutte le parti dell'aria a qualsiasi altezza i gas sono uniformemente mischiati; una differenza di composizione dell'aria di una località dura poco, se è in comunicazione coll'altra aria atmosferica, quand'anche vi fosse perfetto riposo. Il miscuglio dei gas è poi accelerato dai movimenti che sopporta l'aria continuamente, ossia dai venti.

Dopo ciò che precede, da voi stessi prevedete che l'aria deve essere un miscuglio di tutti i gas che si sono sviluppati alla superficie della terra, e che non sono stati distrutti da altre azioni consecutive.

VIII

Dove va l'acqua che svapora. – Come si prova e misura l'umidità dell'aria.

Dicemmo che l'aria atmosferica dovea essere un miscuglio di tutti quei corpi gasosi che si sviluppano alla superficie del globo terrestre. Hai mai lasciato acqua esposta in un vaso aperto per qualche tempo? Se l'hai fatto, ti sarai certamente accorto che la quantità del liquido viene mano mano scemando sino a sparire del tutto, lasciando secco il vaso che la conteneva. Sai pure che lasciando esposti all'aria libera lini inzuppati di acqua, dopo qualche tempo si disseccano. Ti sarai più volte dimandato ove è andata quest'acqua, e ti sarai certamente risposto che essa è svaporata. Ora è bene che ti renda conto di quel che segue in questo svaporamento. L'acqua può prendere i tre stati fisici diversi; or è solida (ghiaccio, neve), or liquida, sia pura, sia sciogliendo altri corpi, ora alla forma di vero gas. Quando si fa arrivare in uno spazio vuoto molta acqua liquida, una porzione si converte in vapore; se rimane allo stesso grado di riscaldamento, nulla si muta col tempo; rimane costante la quantità di acqua che è allo stato gasoso, ed il di più che è rimasta liquida. Egli è perchè ad una data temperatura in un dato spazio non può capire che una data quantità d'acqua allo stato aeriforme, o come suol dirsi allo stato di vapore; potrebbe essercene di meno, ma non mai di più; quando uno spazio contiene il maximum, dicesi saturo, uno stesso spazio può contenere una quantità di vapore maggiore, se aumenta la sua temperatura. Potete esprimere ciò dicendo: ad ogni temperatura il vapore d'acqua ha un maximum di densità a cui può giungere, cioè, le sue molecole possono giungere sino ad una certa distanza; se si tentasse di avvicinarle di più, una porzione di loro passerebbe in liquido, lasciando le altre a quella minima distanza a cui possono giungere. Per farvi un'immagine chiara di ciò, fate il seguente esperimento. Chiudete un po' di acqua in un tubo terminato in punta; bollite l'acqua in modo che il vapore formandosi rapidamente scacci tutta l'aria, poi mentre lo spazio è pieno di vapore caldo, fondete la punta del tubo in modo da chiuderlo compiutamente. Avrete così un po' di acqua liquida messa in uno spazio vuoto d'aria e solo pieno di tanto vapore quanto ne può contenere. Supponete di raffreddare tutto quello spazio sino sotto zero; l'acqua vi potrà ghiacciare, e lo spazio tenuto alla medesima temperatura conterrà nonostante una quantità di vapore d'acqua; a quella temperatura non può contenerne più; se ora scaldate questo spazio, l'acqua si farà liquida, e nel medesimo spazio potrà capire una più grande quantità di vapore. Crescendo successivamente la temperatura, verrà crescendo la capacità che ha un dato spazio di contenere vapore, ossia l'attitudine che hanno le molecole d'acqua a stare allo stato aeriforme più vicine. Succederà dunque che mano mano che si scalda questo tubo chiuso, diminuirà la quantità di acqua liquida, crescendo quella che può stare allo stato di vapore; giungerà una temperatura in cui tutta l'acqua liquida è sparita, convertita tutta allo stato di vapore: se seguite a scaldare, crescerà l'attitudine del vapore a divenire più denso, crescerà la capacità dello spazio per il vapore, ma non essendovi più acqua liquida non se ne può formare più nuova quantità, e perciò lo spazio riscaldato non è più saturo di vapore. Tornate ora a raffreddare; succederanno i fenomeni inversi, verrà scemando la capacità dello spazio a contenere vapore, cioè verrà diventando minore la massima densità che può avere l'acqua allo stato di vapore, e perciò una porzione d'acqua verrà mutandosi in liquido o in solido se la temperatura va sotto zero. Scordava di avvertirvi che le pareti del tubo chiuso devono essere abbastanza resistenti per reggere agli sforzi che fa contro di loro il vapore; il quale, come qualunque altro gas, cresce di forza elastica, sì crescendo di densità, che di grado di riscaldamento. Ora, quando si riscalda il tubo chiuso, avvengono nello stesso tempo i due mutamenti cagionatori di aumento di forza elastica; cioè il vapore cresce di densità, e nello stesso tempo di temperatura. Scrivo in una tavola i pesi di vapore che possono capire in un metro cubo di spazio a differenti temperature, e vi scrivo a fianco i diversi gradi di forza elastica che ha il vapore a questi maximum di densità e nelle varie temperature.

TAVOLA

Dei Pesi di vapor d'acqua che possono al più contenersi in un metro cubo di spazio, a differenti temperature, e forze elastiche di cui è animato il vapore a queste massime densità.

Gradi centigr.	Grammi.	Forza elastica in millimetri.
– 4	4,37	3,27
– 2	5,01	3,879
– 1	5,32	4,224
0	5,66	4,600
+ 1	6,00	4,940
5	7,77	6,534
10	10,57	9,165
20	18,77	17,391
30	31,93	31,548

Io ho parlato sinora di quel che siegue dell'acqua messa in contatto di spazi del tutto vuoti, e viene naturale la domanda: Che cosa siegue se l'acqua è posta in contatto di spazi pieni già di altri corpi gasosi? Rammentate quel che vi ho già detto, che i corpi gasosi possono coesistere in uno spazio quasi gli uni non agendo sugli altri; non vi enunciai la proposizione sotto questa forma, ma in fondo vi dissi ciò, quando vi narrai gli esperimenti che hanno dimostrato che un gas si diffonde per lo spazio occupato da un altro gas come se questo spazio fosse vuoto; soltanto la diffusione avviene in un tempo maggiore. Ora l'acqua allo stato di vapore si diffonde per uno spazio ripieno di qualsiasi altro gas, come se questo spazio fosse vuoto, soltanto se lo spazio è vuoto la saturazione avviene velocissimamente, se è pieno di un altro gas, avviene più lentamente; ma alla fin fine, ad una data temperatura, uno spazio sia vuoto, sia pieno di altro gas, non può contenere che la medesima quantità di vapore: direste con ragione che le molecole del vapor d'acqua non agiscono che tra loro, e perciò poco si curano se in uno spazio ne esistano altre di natura differente; queste non possono che ritardare la loro espansione, ma non impedirla. La tavola soprascritta val dunque pei pesi di vapore d'acqua che possono contenersi in un metro cubo di spazio di aria, qualunque sia la densità di quest'ultima.

Or capite che cosa siegue a quell'acqua che messa in vasi aperti svapora. Gli spazi soprastanti non essendo ancor saturi di vapore, dalla sua superficie se ne vien formando, e si vien mano mano diffondendo. Per come gli spazi soprastanti sono più lontani dalla saturazione, più rapidamente avviene lo svaporamento. Essendo tante le sorgenti di vapor d'acqua alla superficie del globo, è naturale che l'atmosfera deve contenere considerevole quantità di vapore, non più certo di quella che può capire in questo spazio alla temperatura a cui si trova. Supponete che la temperatura dell'atmosfera fosse stazionaria per qualche tempo; allora le sorgenti di vapore acquoso la saturerebbero; satura l'aria di vapore, lo svaporamento si fermerebbe. Supponete che dopo essere stata stazionaria la temperatura per qualche tempo, aumentasse, tornando a fermarsi ad un grado più elevato. Lo spazio allora divien capace di contenere maggior quantità di vapore, il quale si forma dopo un certo tempo, e lo spazio torna ad essere nuovamente saturo. Se poi seguisse un raffreddamento, diminuendo la capacità dello spazio di contener vapore, una porzione passa allo stato liquido, e se la temperatura discendesse sotto zero, passerebbe anche allo stato solido, formandosi in brina. Or la temperatura dell'ambiente non è mai ferma, viene gradatamente crescendo, giunge ad un maximum e torna a discendere, e così si altera la temperatura durante il giorno e la notte. Durante l'accrescimento di temperatura si vien formando sempre nuovo vapore, ma lo svaporamento non procedendo tanto rapidamente come l'accrescimento di temperatura, così lo spazio non è quasi mai saturo. Quando la temperatura discende, allora si vien mano mano saturando senza bisogno di formarsi nuovo vapore.

Ora si dimanderebbe come sì prova l'esistenza del vapor d'acqua nell'atmosfera, e come sì fa a determinarne la quantità. La prova dell'esistenza si ha raffreddando un dato spazio dell'atmosfera; si vede tosto condensare il vapor d'acqua in goccette liquide, o in aghi di ghiaccio. Questo esperimento si fa tutti i giorni dalla natura formando or la rugiada, or la brina, or la nebbia. Per determinare la quantità di vapor d'acqua, il mezzo più certo è quello di far passare un dato volume d'aria attraverso sostanze che assorbono l'acqua in qualsiasi stato ella sia, e notando l'aumento di peso che provano queste sostanze. Se lasciate all'aria aperta una quantità pesata di olio di vetriolo, vi accorgerete facilmente che ne cresce il peso ed il volume; ciò viene perchè l'olio dì vetriolo (acido solforico) assorbe il vapor d'acqua dell'aria che va venendo in contatto colla sua superficie. Lo stesso siegue al carbonato di potassa solido, o al cloruro di calcio disseccato; queste sostanze vanno assorbendo il vapor di acqua, e vi si sciolgono. Le sostanze solide come queste due ultime che nell'aria umida dopo qualche tempo si liquefanno, diconsi deliquescenti; chiamansi poi in generale igroscopiche tutte le sostanze solide o liquide, che col loro accrescimento di peso o di volume ci indicano la presenza e la quantità di vapor d'acqua che hanno assorbito dall'atmosfera. Or supponete di aver messo dentro un apparecchio un dato peso di una sostanza igrometrica; fatevi passar sopra lentamente un dato volume d'aria, per esempio, un metro cubo; riposato il tubo contenente la sostanza igrometrica, l'aumento di peso vi indicherà la quantità di vapor d'acqua esistente nel metro cubo d'aria. Se conoscete anche la temperatura dell'aria, potrete accorgervi se lo spazio era saturo di umidità, comparando la quantità d'acqua che conteneva, con quella massima che poteva contenere alla data temperatura.

Ecco qui appresso il disegno dell'apparecchio . R b è un aspiratore pieno d'acqua; il tubo t aperto in basso mette in comunicazione la capacità di questo vaso con i tubi ad ABC; questi tubi son pieni di pietra pomice imbevuta di acido solforico. La pietra pomice altro non fa che dividere molto l'acido solforico in modo da porlo in contatto per una gran superficie con l'aria che passa per questi tubi. I tubi BC sono insieme pesati; il tubo A non serve ad altro che ad assorbire l'umidità che dall'aspiratore si diffondesse verso i due altri tubi BC. Or aprite il robinetto R dell'aspiratore, l'acqua escirà, e l'aria vi accorrerà a riempire lo spazio lasciato vuoto dall'acqua. Basta guardar l'apparecchio per acccorgersi che l'aria per entrare nell'aspiratore bisogna che passi per i tubi B C, nei quali il vapor d'acqua si fermerà, assorbito dall'acido solforico. L'aumento di peso di questi due tubi ci indica dunque il peso del vapor d'acqua contenuto nell'aria passata, dall'altra parte il volume dell'acqua escito dal robinetto R ci indica il volume d'aria che è passato attraverso questi tubi, ed il termometro c'indica la temperatura dell'aria. Così si conosce il peso di vapor d'acqua contenuto in un dato volume d'aria ad una data temperatura. Si sa da lavori accurati quanto vapor potrebbe contenere questo stesso volume d'aria a questa stessa temperatura se fosse saturo; comparate dunque la quantità di vapor d'acqua che realmente contiene con quella che potrebbe contenere, e conoscerete quel che dicesi stato igrometrico dell'aria. Poichè dicesi stato igrometrico dell'aria il rapporto tra la quantità di vapore che essa potrebbe contenere, e quella che realmente contiene: cioè il quoziente che si ha dividendo la seconda quantità per la prima. Così, a cagion d'esempio, se vi accorgete che essendo l'aria alla temperatura di 10°, contiene soltanto 5gr.,285 di vapore d'acqua per metro cubo, sapendo che a questa stessa temperatura lo stesso volume d'aria può contenere sin il doppio di vapore, cioè 10, gr. 53, direte che lo stato igrometrico dell'aria è = ½ = 0,5.

Intendete che un egual stato igrometrico può corrispondere a diverse quantità di vapore, se le temperature son diverse.

Un altro mezzo per conoscere la quantità di vapore contenuta nell'aria e perciò lo stato igrometrico, è di raffreddarla sino al punto che il vapore che contiene basti a saturarla. Così, a cagion d'esempio, sia l'aria a 20°; contien tanto vapore che la saturerebbe soltanto alla temperatura di 10°; sapete dalle tavole la quantità di vapore che a 10° satura un dato spazio; questa sarà dunque la quantità di vapore che è contenuta nell'aria; dall'altro lato sapete quanta ne potrebbe capire nello stesso spazio alla temperatura di 20° a cui è realmente l'aria; non avete dunque che a divider la prima quantità per la seconda, il quoziente rappresenterà lo stato igrometrico dell'aria osservata.

Resta a dire come si fa per osservare a qual temperatura bisognerebbe raffreddare l'aria perchè fosse satura. Vi ha un mezzo semplicissimo. Prendi un bicchiere ben pulito all'esterno contenente dentro un po' d'acqua, ed un termometro immerso. Sulle prime l'acqua e le pareti del bicchiere saranno alla temperatura dell'ambiente presso a poco. Incomincia a gettar dentro l'acqua poco a poco pezzetti di ghiaccio; l'acqua si raffredderà, e con essa le pareti che la contengono; e l'aria che tocca queste pareti giungerà a un grado di raffreddamento tale che l'aria toccante le pareti sarà satura, e che appena raffreddata più oltre deporrà in rugiada sulle pareti esterne del bicchiere il di più di acqua che contiene: questo punto di raffreddamento a cui l'aria esterna comincia a depor la rugiada, dicesi in linguaggio tecnico punto di rugiada. Il termometro indicando la temperatura dell'acqua, epperciò anche delle pareti e dell'aria che le tocca, serve a trovare il punto di rugiada, cioè la temperatura a cui il vapore contenuto nell'ambiente basta a saturarlo. Ma in queste osservazioni delicate si possono commettere molti errori, ed il primo di tutti è il seguente. La temperatura dell'acqua indicata dal termometro può non esser eguale a quella delle pareti e dell'aria che le circonda. Per diminuire più che puossi questa causa d'errore, bisogna che le pareti del vaso sien sottili e fatte di una materia conduttrice del calore, cioè che prende e comunica rapidamente la temperatura dei corpi che la toccano. Perciò il bicchiere o il vaso d'altra forma si fa di argento a pareti sottilissime e ben lustro alla superficie esterna, perchè vi si vegga bene deporre la rugiada il vetro non servirebbe, essendo poco conduttore del calore. Vi ha un'altra causa d'errore da evitare, ed è che raffreddando troppo rapidamente il liquido che sta dentro il vaso, non si osserva giusto il punto della rugiada, cioè quello in cui questa comincia, appena a deporsi, ma si va più sotto, cioè si raffredda di più: bisogna dunque congegnare un modo con cui il raffreddamento del liquido messo dentro il vaso di argento sia graduato o possa fermarsi appena si osserva il più lieve deposito di rugiada sulle pareti esterne.

A questo fine provvede l'apparecchio di Regnault qui disegnato al quale si dà il nome di igrometro condensatore. Il tubo a b è il vaso, sulle pareti esterne del quale deve osservarsi la rugiada; in basso è di argento, ed è in questa parte che la rugiada si osserva deporre esternamente; il resto del vaso è di vetro, per lasciare leggere le indicazioni del termometro t, che, come vedi, serve ad indicare la temperatura del liquido che è dentro questo vaso a b. Per raffreddar gradatamente e sospendere al punto giusto il raffreddamento, Regnault fa passare una corrente d'aria dentro un liquido volatilissimo contenuto in questo vaso a b; il liquido è o l'etere, o lo spirito di vino; l'aria vi si fa passare per mezzo dell'aspiratore A pieno d'acqua, il quale per mezzo del tubo Tc è in comunicazione coll'alto del vaso a b; un tubo di vetro A' passa dentro il liquido, ed un turacciolo di sughero dentro il quale passano il termometro t ed il tubo A' chiude così bene, che se l'aria esterna è chiamata dentro l'apparecchio deve passare per il tubo A' e perciò gorgogliare dentro il liquido eccitandone lo svaporamento, epperciò producendo un raffreddamento.

Basta adunque far cadere pel rubinetto che sta in basso dello aspiratore A un po' d'acqua perchè si aspiri l'aria dal tubo A' e si raffreddi il liquido dentro a b; basta chiudere questo robinetto per sospendere il passaggio dell'aria, epperciò il raffreddamento. Con questo stromento l'osservazione si fa sempre così: si fa passare lentamente l'aria dentro il liquido contenuto in a b, sinchè si osserva che la rugiada comincia a deporsi sulle pareti lucide d'argento. Chiudesi allora prontamente il robinetto, e si osserva il termometro t, il quale indica la temperatura a cui la rugiada comincia a deporsi, cioè il punto di rugiada. Per verificare l'esattezza di questo punto si lascia, nuovamente riscaldar l'apparecchio e si nota con cura la temperatura indicata dal termometro t al momento che la rugiada dispare dalle pareti di argento. Così si conoscono i limiti tra i quali si trova compreso il vero punto di rugiada, cioè quella temperatura a cui l'aria divien satura pel vapore che contiene.

Nel descriver quest'apparecchio non ho indicato l'ufficio dell'altro tubo a' b', perfettamente simile all'altro a b, dentro cui sta un termometro t': questo secondo vaso a' b' è del tutto chiuso, esso non serve ad altro che a far comparare lo stato della superficie esterna di argento di questo tubo che non è raffreddato con lo stato della superficie esterna dell'altro ove la rugiada si depone. Così l'osservatore avendo sotto gli occhi due superficie di egual forma, di egual splendore, si accorge prestamente quando i primi indizii di rugiada si formano sopra uno di essi.

Le osservazioni fatte con questi due igrometri che abbiamo sinora descritto richiedono molta abilità nell'osservatore, molta cura ed un certo tempo: non si potrebbe invece fare stromenti i quali immediatamente segnassero lo stato igrometrico dell'aria, come fa il termometro per le temperature, e che perciò potessero essere usati da tutti e impiegati con sicurezza e velocità? Si è tentato di costruire simili stromenti detti igrometri: ma non se ne potè costruire alcuno che indicasse lo stato igrometrico dell'aria con tanta esattezza con quanta il termometro indica la temperatura, ed il barometro le pressioni. Ne indicherò uno che è molto in uso, ed è il così detto igrometro a capello di Saussure, che è uno tra le varie specie, di igrometri per assorbimento. Tutte le sostanze organiche in generale assorbono più o meno umidità dell'aria, ne perdono più o meno secondo che l'aria è più o meno umida. Queste sostanze organiche assorbendo umidità crescono di volume, epperciò anche di lunghezza. Un capello esposto all'aria umida si allunga: messo in un'aria più secca perde porzione dell'umidità assorbita, e si raccorcia. Saussure dunque fece un istromento, per mezzo del quale si misurano gli allungamenti e i raccorciamenti di un capello per effetto delle variazioni igrometriche dell'aria; l'istromento è qui disegnato . Un capello c c' è avvolto inferiormente intorno ad una carrucola mobilissima. È fissa all'asse di questa carrucola pel suo centro di gravità una lancetta che colla sua estremità percorre un quadrante graduato. Un piccolo peso p attaccato a un cordonino, tiene il capello sempre teso; l è una pinzetta che serve a sostenere questo peso e fissar la carrucola quando si trasporta lo stromento, e o una vite destinata a dare al punto d'attacco e del capello la posizione conveniente.

Quando l'umidità aumenta, il capello s'allunga e la lancetta sale, ed avviene il contrario quando l'aria si secca. Il capello deve essere fino, dolce al tatto, e, dicesi, tagliato su di una testa viva e sana; pur si son fatti igrometri non peggiori degli altri con capelli presi sulle mummie egiziane. Il capello deve essere sgrassato, epperciò lasciato immerso almen per ventiquattro ore nell'etere. Per graduare quest'istromento, cioè per vedere i vari gradi del quadrante a quali stati igrometrici corrispondano, bisogna porlo prima in un'atmosfera perfettamente secca, quindi in una satura di umidità, quindi in varie atmosfere in vari stati igrometrici, e così si farà una tavola nella quale sia notato a quali stati igrometrici corrispondano i vari gradi del quadrante; perocchè gli allungamenti del capello non sono proporzionali agli stati igrometrici. Fatta la graduazione di uno stromento, se vi si rompe il capello e dovete mutarlo, bisogna anche rifare la graduazione, perocchè non tutti i capelli si allungano egualmente. Altre cagioni fan sì che per poter contare sulle indicazioni dell'igrometro a capello bisogna spesso verificare la tavola fattasi;

verificazione che richiede grande abilità, molto tempo ed accuratezza. Cosichè quest'igrometro non riesce men difficile da maneggiare degli altri più complicati descritti sopra. Questo cenno basta a porci in guardia contro tutte quelle pretese osservazioni igrometriche fatte da gente che vorrebbe osservar l'igrometro a capello senza darsi il menomo pensiero di graduarselo da loro, e che pongono in questo istromento tanta fiducia quanta se ne porrebbe in un termometro ben costrutto e ben graduato.

Non meritano poi il nome d'igrometri, ma soltanto di igroscopi altri che si fondano sull'allungamento e raccorciamento, epperciò sulla torsione di un cantino di budello; qualche volta si indicano le variazioni di questa torsione facendo muovere in modo ingegnoso il cappuccio di un fantoccio di frate. Questi stromenti non servono a misurare lo stato igrometrico dell'aria, servon soltanto ad indicare quando varia notevolmente; perciò meritano il nome di igroscopi (indicatori di umidità), non di igrometri, che vorrebbe dir misuratori dell'umidità

IX

L'acido carbonico nell'aria. – D'onde viene e che cosa fa.

Rammenterai i caratteri di quel corpo aeriforme che si sviluppa dalle fermentazioni e dal marmo per l'azione di un acido. Rammenterai che esso è assorbito dall'acqua di calce, che perciò si intorbida, e da una soluzione di potassa caustica (pietra da cauterio). Questo corpo aeriforme sai inoltre che dicesi acido carbonico. Nell'aria esistono costantemente maggiori o minori quantità di questo gas. Per provar la presenza di esso nell'aria ambiente ti basta esporre l'acqua di calce limpidissima in un vaso aperto in contatto dell'aria: ti accorgerai che quest'acqua s'intorbiderà dopo qualche tempo. Per poter determinare la quantità d'acido carbonico esistente nell'aria ambiente si trae profitto dalla proprietà che ha di essere assorbito dalla soluzione di potassa. Fa dunque passare un dato volume d'aria prima attraverso tubi contenenti pietra pomice imbevuta d'acido solforico, vi si spoglierà, come tu sai, dell'umidità: fa, quindi passare questa medesima aria secca attraverso a tubi ad U contenenti pietra pomice imbevuta di una soluzione di potassa caustica solida; in questi tubi si fermerà l'acido carbonico assorbito, e se tu li hai pesati prima, e poi li ripesi dopo, l'aumento di peso ne indicherà nient'altro che la quantità d'acido carbonico che era nel volume d'aria secca passato attraverso quelli.

Per ciò fare ti potrai servire dello stesso apparecchio, aggiungendo altri tubi ad U, pieni, come ti dissi, di pietra pomice e potassa; anzi in una sola operazione puoi determinare sì il peso del vapor d'acqua che i tubi BC assorbono, che il peso dell'acido carbonico assorbito dagli altri tubi che dovresti aggiungere tra B ed A. Così vieni a scoprire che la quantità d'acido carbonico, non altrimenti che quella del vapor d'acqua, varia moltissimo; però rare volte è meno di 3/10000 e rare volte più di 6/10000. Questa quantità d'acido carbonico, benchè ti possa parer piccolissima, ha una grandissima azione sui vegetali, poichè essi prendono a quest'acido carbonico tutto il carbonio in essi contenuto. Ma prima di spiegare l'azione dell'acido carbonico, è mestieri che tu ti spieghi come avvengano queste variazioni. L'acido carbonico non è certamente nelle condizioni del vapor d'acqua che per quei raffreddamenti che avvengono nell'ambiente si liquefà in parte; ci vuole un immenso raffreddamento per ridurre l'acido carbonico a quel limite di densità, oltre la quale si liquefà. Sono ben altre le cagioni che fan variare la quantità d'acido carbonico nell'aria. Vi hanno alla superficie della terra sorgenti continue di acido carbonico, vi hanno poi cagioni che perennemente lo distruggono: dal predominare le une o le altre cause, proviene il crescere o il diminuire dell'acido carbonico nell'atmosfera. Rapidamente ti enumererò le une e le altre cause, fermandomi sopra quelle più frequenti che hanno nell'effetto una più notevole azione.

Da molto fessure della terra esce acido carbonico bello e fatto. Questo si diffonderà certamente per l'atmosfera, ma è così piccola cosa, che non potrebbe equilibrare le cagioni che lo distruggono.

Se tu poni in un vaso chiuso pieno d'ossigeno un pezzettino di carbon puro o di diamante, che, come forse saprai, è carbonio puro, se vi poni e vi mantieni il fuoco per mezzo di una lente ustoria, osserverai che il carbone brucierà, verrà poco a poco disparendo; sinchè giunge un punto che il carbone non brucia più, benchè tentassi di riappiccarvi il fuoco colla lente ustoria. Se tiri fuori quell'ossigeno dentro cui il carbonio bruciò, ti accorgerai che non è più ossigeno; invece è acido carbonico, nel quale l'ossigeno si è convertito combinandosi col carbonio. Sebbene il volume ed il colore dell'ossigeno sono uguali a quelli dell'acido carbonico, pure il peso è diverso, poichè l'acido carbonico oltre l'ossigeno contiene il carbonio combinato, quel carbonio che si è visto mano mano sparire. Che cosa è dunque avvenuto nella combustione del carbonio? Il carbonio si è mano mano combinato all'ossigeno, formando acido carbonico; perchè questa combinazione avvenisse bisognò scaldare il carbonio; durante che la combinazione si compie, si sviluppa calore e luce. L'acido carbonico è dunque un composto d'ossigeno e carbonio, è il prodotto della combustione del carbonio nell'ossigeno. Or sai che l'aria contiene circa 1/5 del suo volume d'ossigeno: se dunque bruci il carbonio nell'aria l'ossigeno si converte in acido carbonico: l'azoto rimane inerte, intatto tal quale era.

Le sostanze organiche sogliono contenere una gran quantità di carbonio, idrogeno ed ossigeno, intimamente combinati.

L'idrogeno combinandosi coll'ossigeno dà per prodotto acqua quindi i corpi organici bruciando dànno per prodotto acido carbonico e vapor d'acqua; quei tali che contengono ossigeno non ne contengono mai abbastanza da convertire tutto l'idrogeno ed il carbonio nei due prodotti: perciò prendono all'aria il resto; nella combustione dunque noi togliamo all'aria ossigeno, e diamo invece acido carbonico ed acqua.

Un fenomeno alla fin fine simile succede nella lenta scomposizione delle materie organiche quand'esse si imputridiscono, fermentano o si putrefanno; danno in generale all'aria acido carbonico, e la spogliano di più o meno ossigeno.

Gli animali ispirano aria e la emettono spoglia di un po' di ossigeno e più ricca d'acido carbonico, ed anche di vapor d'acqua. Si comporterebbero perciò in riguardo agli effetti sull'aria come i corpi che bruciano. Facendo respirare un animale in una atmosfera chiusa dopo qualche tempo vi si asfissia, avendo egli mutato la composizione dell'aria, la quale si trova molto più povera d'ossigeno e più ricca invece d'acido carbonico. Non può sfuggire il paragone tra l'animale che si asfissia per l'aria che ha egli stesso viziata, ed il carbone che si spegne avendo nell'aria prodotto il medesimo effetto.

Anzi ti dirò che l'osservazione che nell'aria viziata dagli animali i corpi bruciavano o stentatamente o punto, e viceversa nell'aria viziata dalle combustioni gli animali si asfissiavano, avea fatto accorgere oltre a duecento anni prima che Priestley o Lavoisier scoprissero ed isolassero l'ossigeno, che lo stesso corpo esistente nell'aria dovea essere quello che mantenesse sì la respirazione che la combustione; e che simili dovevano essere i mutamenti prodotti nella natura dell'aria. Ciò videro nel secolo XVI Mayow in Inghilterra e Barbieri in Italia.

Ecco dunque molte cagioni continue produttrici di acido carbonico: emanazioni terrestri, combustione lenta o rapida delle praterie organiche, respirazione degli animali. Le ultime due sorta di sorgenti d'acido carbonico coincidono sempre colla distruzione dell'ossigeno, o per dir meglio, la conversione di esso in acido carbonico.

I vegetali poi si comportano in un modo diverso. Nelle oscurità le piante sono anch'esse sorgente d'acido carbonico; ma sotto l'azione della luce, la materia verde che esiste in molti loro organi assorbe acido carbonico ed invece restituisce l'ossigeno. Pare che le piante scompongano l'acido carbonico, si approprino il carbonio, e lascino libero l'ossigeno che era combinato col carbonio. Se in un'atmosfera chiusa carica d'acido carbonico si pongono le parti verdi di una pianta sottomessa all'azione della luce solare, quest'atmosfera verrà mano mano spogliata d'acido carbonico, ed arricchita invece d'ossigeno libero.

Questo cenno basta a dimostrarti come le piante disfanno ciò che fan gli animali, e viceversa. Gli animali producono acido carbonico consumando ossigeno, le piante producono ossigeno consumando acido carbonico. Gli animali però agiscono continuamente, le piante solo durante l'azione della luce; quindi durante la notte dovrà essere maggiore la quantità d'acido carbonico nell'aria mancando le cagioni che lo distruggono. Qual ammirevole nesso vi ha fra tutte le parti della creazione! La quantità totale di vita vegetativa sulla superficie terrestre dipende dalla quantità totale di vita animale, e l'aria è quel veicolo che più di tutti serve a tener l'equilibrio tra questi due grandi rami del regno organico.

X

Corpi che trovansi accidentalmente nell'aria – Domande dei medici e risposte dei chimici.

Oltre questi gaz che costantemente esistono nell'aria ambiente, ve ne son degli altri che vi si trovano accidentalmente. Difatto tutte le emanazioni gasose dalla superficie terrestre si versano nell'ambiente ove rimangono sinchè non sieno distrutte; qualche corpo gasoso si forma anche in seno dell'aria per l'azione delle grandi scariche elettriche, come sarebbero alcuni composti di azoto o di ossigeno. Tra questi gas che esistono nell'aria diremmo accidentalmente, ve ne ha qualcuno, come l'ammoniaca, che vi si trova, sebbene in piccolissima proporzione, pur tanto frequente da dirsi costante.

All'ammoniaca dell'aria ed ai composti di azoto ed ossigeno si attribuisce una grande azione sulla vegetazione, poichè nientemeno vi ha chi sostiene che le piante tirino da essi, se non tutto, almeno la più gran parte d'azoto che contengono. Giacchè l'ammoniaca è un composto di azoto e d'idrogeno; alcune sostanze organiche contengono, oltre il carbonio, l'idrogeno, e l'ossigeno, anche azoto, e quando si putrefanno o scompongono in un modo qualsiasi, la più gran parte dell'azoto esce allo stato di ammoniaca.

Da più tempo si cercan nell'aria le cagioni delle epidemie e della insalubrità di alcune località; vi hanno dei medici che cercherebbero per ciascuna di siffatte malattie un gas speciale, che ne sia la cagione. In verità la chimica non ha potuto dare soddisfacenti risposte ai quesiti dei medici: se questi gas esistonvi, ci esistono in così piccola quantità che riesce appena possibile scoprirne l'esistenza, ma ciò non basta; bisognerebbe anche poterne seguire le variazioni quantitative, perchè potessero darsi dati alle induzioni mediche.

Fra questi corpi gasosi ve ne ha uno che è stato un po' meglio studiato, di cui oggi si sieguono le variazioni quantitative con una tal quale approssimazione, e del quale pare essersi scoverta una evidente azione nella produzione di alcune malattie. Questo gas è l'ozono, corpo sul quale fra poco mi fermerò.

Indipendentemente da queste tracce di corpi gasosi, l'atmosfera contiene una notevolissima quantità di corpi solidi e liquidi minutamente sparsivi, sospesi e trascinati dai venti. Milioni di semi di piante, milioni di ovuli d' animali, sì piccoli che sfuggono alla vista, sono portati intorno, qui e lì si depongono ed attendono le favorevoli circostanze per isvilupparsi. Siccome non si è potuto seguire nell'aria il corso di questi ovuli e di questi semi che spesso in modo meraviglioso vediamo crescere e moltiplicarsi, così non si sono potuti seguire quei minutissimi corpicciuoli sia viventi sia no, sia solidi sia liquidi, che sono forse gli agenti produttori di molte epidemie.

XI.

Ozono.

Quando grandi scariche elettriche avvengono nell'aria, si sviluppa un odor speciale che puoi ben dire odor del fulmine. Lo stesso odore si sente tirando molte scintille da una macchina elettrica: è ben naturale cercare qual sia la sostanza che produce questo odore. Lasciando pezzettini di fosforo umidi in aria rinchiusa, si sviluppa lo stesso odore. Questo diede il mezzo di procurarsi artificialmente questa sostanza, a cui si deve l'odor del fulmine, e che perciò dicesi ozono. Bisognava cercare un reagente che ne facesse riconoscere la presenza, e valutare la quantità; si trovò nell'ioduro di potassio, composto di iodo e potassio: questo corpo sottomesso all'azione dell'ozono lo assorbe lasciando libero l'iodo; per rendere sensibile l'iodo che si fa libero giova porre salda d'amido che si colora in azzurro con una piccolissima quantità d'iodo. Si farà dunque delle carte amidate imbevute di una soluzione di ioduro di potassio; ponendo queste carte in contatto dell'ozono si colorano in azzurro.

L'ozono si produce anche sottomettendo l'aria o l'ossigeno puro ad una serie di scintille elettriche; ciò fece supporre che l'ozono altra cosa non fosse che ossigeno in uno stato differente, cioè più attivo. Non si pervenne mai a mutar tutto l'ossigeno in ozono. perchè l'ozono è distrutto facilmente: soltanto si potè questo ozono ottenere mischiato ad altro ossigeno libero. L'ozono si può anche produrre scomponendo l'acqua colla corrente elettrica.

Quell'ossigeno che si ottiene vien tanto più carico di ozono, quanto più si è evitato il riscaldamento. L'ozono è distrutto dal riscaldamento, cioè torna a diventare ossigeno ordinario. L'ozono si combina al mercurio, all'argento, ed a moltissimi corpi coi quali l'ossigeno non si combina mai direttamente, o abbisogna di riscaldamento per combinarsi. È naturale che l'ozono combinandosi coi corpi produca gli stessi composti che l'ossigeno ordinario; esso non differisce dall'ossigeno che nell'essere più atto a combinarsi coi corpi.

È curioso questo fatto di un corpo che, senza perdere nè acquistare nulla sensibilmente, muta tanto di proprietà; è curioso vedere lo stesso corpo semplice, l'ossigeno, in due stati tanto differenti. Ma questo fatto non è speciale all'ossigeno; altri corpi semplici ce lo presentano. Conoscete il fosforo bianco o giallognolo; combustibilissimo, fusibile nell'acqua calda, ecc. Se ponete all'azione continua della luce questo fosforo, o per molte ore lo scaldate ad una data temperatura fuori del contatto dell'aria, diventerà un corpo rosso, che non si fonde che ad un grado di calore molto elevato, che brucia difficilissimamente, non ha più nessun odore; bollite questo fosforo rosso e condensate i vapori, riotterrete il fosforo giallo ordinario.

Il fosforo giallo e il fosforo rosso paion due corpi diversi; quando l'uno si muta nell'altro, nulla acquista e nulla perde di materia pesante; questo fatto è perfettamente simile a quello dell'ossigeno che mutasi in ozono.

Or si fanno osservazioni continue per seguire le variazioni di quelle piccolissime quantità d'ozono che costantemente esistono nell'aria: par si sia trovato qualche rapporto tra lo stato elettrico ed igrometrico dell'aria e le variazioni dell'ozono.

Quale è l'azione dell'ozono sugli animali? Ponendo a respirare gli animali nell'aria o nell'ossigeno contenente ozono, si osserva la loro respirazione accelerarsi, quindi escono mucosità dalle narici, e l'animale muore coi sintomi di una infiammazione violenta di polmoni, infiammazione che dopo la morte si riconosce pure coll'esame del cadavere. Piccolissime quantità di ozono appena sensibili alle carte ozonometriche producono sternuto, corizza e bronchite, cioè irritan vivamente le vie respiratorie. L'ossigeno ordinario quand'anche purissimo e compresso non produce nessuno di questi effetti.

Era naturale domandarsi se alcune epidemie, come la grippa, provengono dall'ozono; e pare che alcuni osservatori hanno trovato la coincidenza dell'accrescimento dell'ozono nell'aria e l'apparizione delle epidemie di grippa.

Oltre a questa azione nociva, l'ozono pare averne una benefica: esso distrugge gli odori fetidi provenienti dalle putrefazioni: si suppone dunque che dovesse distruggere molti di quei miasmi ai quali si attribuisce l'origine delle epidemie. Schonbein, lo scopritore dell'ozono, ha notato la coincidenza che esisterebbe tra le epidemie di cholera e l'assenza di ozono nell'aria che permetterebbe ai miasmi di svilupparsi e favorirebbe le malattie settiche; altri esperimentatori hanno ottenuto risultati che tenderebbero a confermare queste viste. Così il signor Bœckel, che fece le sue osservazioni nelle epidemie di cholera di Strasburgo negli anni 1854 e 1855, accenna ad una intima relazione fra lo svolgimento della epidemia e il diminuire o lo scomparire dell'ozono.

Consimili osservazioni fece pur il Wolf, direttore dell'osservatorio di Bonn, e recentemente un medico francese, il Pourieu, trovò nel dipartimento dell'Aisne una coincidenza fra il diminuire dell'ozono, e la comparsa delle febbri perniciose.

Convien dire tuttavia che altre osservazioni diedero risultamenti opposti, e la società di medicina di Kœnisberg e i medici dell'accademia di Vienna vennero in questa conclusione, che non siavi rapporto fra la quantità d'ozono e lo svolgimento del cholera. Certo è che oggidì l'esame dello stato ozonometrico dell'aria colla carta inamidata e imbevuta di una soluzione debole di ioduro di potassio, fa parte delle osservazioni metereologiche ordinarie; ed è riconosciuto che nelle case, nelle città, nei luoghi ove sono accumulate molte materie organiche e vi si scompongono, scompare l'ozono.

XII

L'aria dell'acqua. –Solubilità dei gas. – L'aria è un miscuglio e non un composto. – azione dei componenti dell'aria.

Più volte ho io detto in questo libretto che gli animali per vivere abbisognano dell'aria, e specialmente dell'ossigeno in essa contenuto. Ma il lettore si sarà più volte dimandato: come fanno i pesci a respirare aria se vivono sempre immersi nell'acqua? Perciò non posso tacere che gli elementi dell'aria esistono nell'acqua di mare, in quella dei fiumi, dei laghi, e nell'acqua che beviamo, non allo stato gasoso, ma disciolti..... Disciolti corpi gasosi? Non ti sei mai avveduto di queste loro proprietà, cioè della maggiore o minore solubilità loro nell'acqua o in altri liquidi? Bisogna bene che non ti sii mai fermato a considerare un fatto frequentissimo, perchè tal proprietà ti sia sfuggita. Hai certamente osservato che quando poni a scaldare acqua, molto prima che essa bolla, lascia sviluppare in tutta la sua massa bollicine gasose; questo sviluppo dopo qualche tempo cessa, ed allora, se continui a scaldare, l'acqua bollisce, cioè grosse bolle di vapore acquoso vi si formano nell'interno ed attraversano l'acqua liquida sollevandola.

Che cosa, sono mai quelle prime bollicine gasose che dall'acqua si sviluppano? Tu or che sai fare apparecchi per raccogliere i corpi gasosi, inventane uno per raccorre quelle bollicine gasose ed esaminarne la natura. Farai l'apparecchio seguente . Un pallone che, ripieno di un'acqua qualsiasi, trovasi col suo tubo, parimenti ripieno di acqua, in comunicazione con un provino capovolto sul mercurio. Scalda, ben tosto incomincia lo sviluppo di bolle gasose, che montano nel provino; quando l'acqua è in piena ebollizione la quantità di gas nel provino non cresce più; perciò le bolle di vapore che si sviluppano dalla massa, benchè sieno gasose, cessano di esserlo appena si raffreddano, attraversando il mercurio, cioè tornano acqua liquida. Questo gas raccolto nel provino essendosi sviluppato in seno dell'acqua, ed essendo in contatto di uno strato di essa che galleggia sul mercurio, è saturo di umidità, cioè contiene quel maximum di vapore acquoso che cade nello spazio da esso occupato, alla temperatura a cui è. Ma la presenza di tal piccola quantità di vapore non altera notevolmente i caratteri del gas raccolto, che puoi dunque esaminare senza curarti che è umido, come hai fatto per gli altri gas che hai raccolto sull'acqua e che perciò hai esaminato anche umidi. Esaminando questo gas del provino trovi che è aria, cioè un miscuglio di ossigeno e di azoto (in verità un tantino più ricco di ossigeno che l'aria comune).

Or bisogna che tu spieghi l'origine di quest'aria. Che sia l'acqua che pel riscaldamento siasi convertita in aria? Non sarebbe nuova tal supposizione della storia della scienza; anche Boyle, uno dei fisici inglesi più celebri, verso il 1670 diede tale spiegazione del fatto sopra descritto. Ma allora non erano ben chiare le idee sulle proprietà dei corpi allo stato aeriforme, e perciò non si potea bene spiegare il fenomeno. Oggi coll'arte dello esperimento più progredita potrai giungere a spiegartelo da te stesso. Dopo che l'acqua ha cessato di sviluppare bollicine gasose, dopo che è stata scaldata sino all'ebollizione, lasciala raffreddare nel pallone (poco male se nel raffreddamento un po' di mercurio sia assorbito dal tubo). Torna a scaldare quest'acqua già bollita, osserverai che entrerà in piena ebollizione senza prima sviluppare aria. Dunque l'acqua una volta bollita non dà più aria; ciò esclude la supposizione che sia l'acqua che mutisi in aria; altrimenti, continuando ad esservi ancor acqua, dovrebbe ripetersi il fenomeno. Or prendi questa acqua bollita che non dà più aria, escila dal pallone, lasciala raffreddare e poi agitala in contatto dell'aria per qualche tempo, rimettila dentro il pallone (o in uno più piccolo per poterlo riempire insieme al tubo); scalda e l'aria si sviluppa, come fece già prima.

Dunque l'acqua agitata coll'aria ne discioglie una parte, che abbandona col riscaldamento; è questa l'aria che si svolge dall'acque comuni che sono state più o meno tempo in contatto coll'aria. Questa proprietà è comune ai vari gas; soltanto si sciolgono in proporzione diversa. Così un litro di acqua fredda scioglie un litro di acido carbonico in quello stato di densità in cui è nell'atmosfera colla quale l'acqua è in contatto, scioglie soltanto 0,025 di azoto e 0,046 di ossigeno. Alcuni gas sono poi tanto solubili nell'acqua che non possono raccogliersi sopra essa; così un sol litro di acqua fredda scioglie 670 litri di ammoniaca. Per diversa che sia la solubilità dei vari gas nell'acqua, è costante il fatto che essa scema coll'innalzare delle temperature, e che ad ogni data temperatura un dato volume di acqua scioglie un dato volume di gas, qualunque sia la densità a cui è. Così, a cagione d'esempio, alla temperatura di circa 16 un litro d'acqua messo in contatto con un'atmosfera di acido carbonico ne scioglie un litro, sempre un litro, sia che il gas si trovi più, o meno compresso; ora un litro di gas compresso pesa più che un litro di gas meno compresso; dunque ad una data temperatura la quantità, ossia il peso di un gas che si scioglie nell'acqua è tanto maggiore come è maggiore la sua densità. Ad un'altra temperatura superiore, un litro di acqua scioglierà meno d'un litro di acido carbonico, p. e. 1/2 litro, ma, costantemente 1/2 litro, per varia che sia la densità del gas col quale l'acqua è posta in contatto. Ciò vi spiega quel che segue colle acque gasose e in generale coi liquidi spumanti. Quindi il modo di fabbricare l'acqua o la limonata gasosa. Il liquido è messo in contatto coll'acido carbonico compresso; mentre che è in questa atmosfera di acido carbonico compresso si chiude con un turacciolo e con fili che tengono il turacciolo. Si mantiene l'atmosfera di acido carbonico compresso in quel po' di capacità che rimane sul liquido, quindi resta disciolta una data quantità di acido carbonico che rappresenta un volume eguale al volume del liquido, ma un volume del gas allo stesso stato di densità che ha nella piccola atmosfera chiusa della bottiglia. Aprite ora la bottiglia, cioè ponetela in contatto colla atmosfera ambiente, il gas non potrà più restare compresso; l'acqua continuerà a disciogliere un egual volume di acido carbonico, ma non più compresso, bensì in quello stato di densità in cui è nell'aria ambiente; perciò una porzione di acido carbonico dell'acqua si svilupperà, perchè la quantità di gas che rimane rappresenti un volume allo stato di densità che è nell'ambiente.

Questi principii ti fanno intendere quel che avviene quando l'acqua è posta in contatto di un'atmosfera fatta dal miscuglio di molti gas: essa discioglie di ciascuno di questi gas una quantità precisamente eguale a quella che discioglierebbe se si trovasse in contatto con un'atmosfera semplice di questo solo gas nello stato di densità che ha realmente, considerato isolatamente dagli altri gas con cui è mischiato. Questo conferma sempre di più quel che dicemmo in un capitolo sopra, che i corpi gasosi mischiati non agiscono l'uno sull'altro, cioè ciascuno di loro si comporta per le proprietà fisiche come se fosse solo occupante lo spazio che occupa insieme ad altri.

Or l'aria è un miscuglio principalmente d'ossigeno e di azoto: quindi l'acqua messa in contatto con questo miscuglio scioglie di ciascuno dei due gas quella frazione che scioglierebbe se ciascuno di essi fosse isolato a quello stato di rarefazione in cui dovrebbe essere per occupar solo lo stesso spazio del miscuglio. Or l'ossigeno è più solubile dell'azoto: quindi l'acqua sciogliendo una frazione dell'ossigeno dell'aria maggiore della frazione di azoto che discioglie, conterrà un'aria più ossigenata. Ciò vi fa anche intendere come l'aria posta in contatto di grandi superficie di acqua, come è quella che copre gli oceani, spogliandosi più di ossigeno che di azoto resta un po' meno ossigenata. Ma i venti vengon bentosto a distruggere questa disuguaglianza di composizione dell'aria. Ciò ti dà una misura del sapere di alcuni medici quando ti parlano d'aria più ossigenata sul mare. Debbo però avvertirti che queste differenze di composizione dell'aria aperta in più ed in meno di ossigeno, son piccolissime e durano pochissimo, quando anche l'aria fosse tranquilla, per quella proprietà che hanno i gas di diffondersi, della quale ti ho parlato sopra.

L'osservare che l'aria sciolta dall'acqua contiene più ossigeno, è la prova più chiara e più evidente che l'aria è un miscuglio di ossigeno e di azoto: perciocchè se i due corpi fossero intimamente combinati formando un corpo solo, allora questo corpo unico dovrebbe tutto disciogliersi nell'acqua senza alterarsi la proporzione dei componenti. Parlando scrupolosamente dunque, non dovrebbe dirsi componenti dell'aria, giacchè l'aria non è un composto, ma un miscuglio di vari gas, sì semplici che composti. Vi predomina l'azoto, che ne forma circa i 4/5 del volume; quindi l'ossigeno che è circa 1/5; quindi il vapor d'acqua e l'acido carbonico variabili di quantità secondo le ore e le stagioni; quindi piccolissima quantità di ammoniaca, idrogeni carbonati, idrogeno solforato, ozono, ed altri gas dei quali tutti la presenza non pare costante: infine corpicini solidi, organici ed inorganici, viventi o non, che sono sospesi e trasportati in questo miscuglio gasoso.

Fra i componenti dell'aria l'azoto non ha una notevole azione, salvo che per le scariche elettriche non si muti in composto di azoto e di ossigeno, o di azoto o d'idrogeno. Possiam dir ciò con certezza? Con probabilità sì, con certezza no. Poichè v'ha qualcuno che crede possibile che i vegetali possano assorbire l'azoto dell'aria tal quale è, libero. La cosa par poco probabile, ma non è dimostrato nè che sia nè che non sia.

L'ossigeno ha la più notevole azione sul corpi terrestri; esso è distrutto costantemente per molti fenomeni che avvengono alla superficie terrestre, specialmente dalla vita degli animali che lo assorbono sia allo stato di gas, sia disciolto nell'acqua. Assorbendolo danno invece acido carbonico. Coll'andar del tempo la composizione dell'aria sarebbe dunque mutata, se la vegetazione non disfacesse quel che gli animali fanno, cioè se non distruggesse l'acido carbonico dando invece l'ossigeno libero.

Gli altri gas debbono certamente avere un'azione sui fenomeni che avvengono alla superficie terrestre, sopratutto nel regno organico: l'ammoniaca e l'acido nitrico allo stato di nitrato di ammoniaca sciolto dall'acqua di pioggia, son quelli forse che danno una gran parte dell'azoto ai vegetali. L'ozono par che abbia, or una azione nociva or giovevole alla vita degli animali; ma resta a confermare ciò con altre osservazioni ed esperimenti.

A quali poi tra i corpi esistenti nell'aria, sia permanentemente sia transitoriamente, sia dovuto lo sviluppo delle epidemie vegetali ed animali, non può veramente dirsi nello stato attuale della scienza. Quelle epidemie che si manifestano collo sviluppo di esseri viventi parassiti suppongono certamente il trasporto di semi; ma chi può dire se questi semi esistono costantemente sospesi nell'aria, e solo il loro svilupparsi o no dipende da cagioni che ne rendano possibile o ne agevolino lo sviluppo? Oppure se siano alle volte nell'aria sospesi in maggior proporzione, ed i venti li avviino nell'una piuttosto che nell'altra direzione?

Lo sviluppo delle altre epidemie, il lento loro diffondersi dall'una all'altra località, farebbe inclinare a credere non essere corpi gasosi le cagioni che le producono, perchè i corpi gasosi si diffondono più prontamente, nè potrebbe ben spiegarsi questa anormale composizione dell'aria di una località, durevole per mesi ed anni. Ma potrebbe esistere in una data località una cagione permanente produttrice di un dato gas deleterio, il quale diffondendosi verrebbe distrutto. Così nei luoghi paludosi può ugualmente ammettersi che si innalzino corpicini solidi o liquidi, o che si sviluppino corpi gasosi, i quali dopo alcun tempo sono distrutti dall'azione chimica dell'ossigeno e dell'ozono aiutata dalla luce e dalla elettricità e dal vapore d'acqua, epperciò non si diffondono. Parimente può ammettersi che l'ozono producendosi e distruggendosi facilmente secondo le varie temperature, i vari gradi di umidità, il vario stato elettrico dell'aria, possa esistere per un certo tempo più nell'aria di un luogo che in quella di un altro.

Tuttociò che riguarda la cagione delle epidemie è involto in grande oscurità; mancano purtroppo i dati dell'osservazione ed i dati sperimentali per poter fare probabili congetture. Chi sa se in alcune epidemie non vi sia punto alcun corpo nuovo o cresciuto di proporzione nell'atmosfera, ma soltanto siano esse prodotte da una tal successione di temperature, di stati igroscopici ed elettrici dell'atmosfera, che inducono negli organismi simili un mutamento simile?

In luogo dunque di supplire colla fantasia ai dati della osservazione, farebber meglio i medici a fare o far fare serie accurate di osservazioni, la comparazione delle quali suggerirebbe nuove vie di esperimenti, i quali alla lor volta dirigerebbero l'osservazione in campi del tutto nuovi, della cui esistenza noi forse non abbiano sinora sospetto. Ma temiamo che anche questa volta le nostre parole saran senza frutto; ed allora ci resta solo a sperare che, estendendosi l'insegnamento delle scienze sperimentali, venga presto una tal generazione di giovani medici, cui torni a nausea quel linguaggio confuso, indeterminato dei patologi, che tutto abbraccia nulla spiegando, ed allora può sperarsi che studi ed osservazioni severe vengano a rischiarare questo oscuro campo della medicina.

XIII.

La composizione dell'aria e lo sviluppo del regno organico. – Aria fossile.

Pria di terminare vorrei prevenire una curiosità che nel lettore certamente si risveglierà, ripensando un poco alle cose lette. Vi ha un gran nesso tra la composizione dell'aria e lo sviluppo del regno organico; l'acido carbonico favorisce l'accrescimento della vita vegetativa, l'ossigeno quello della vita animale.

Or furono altri tempi nell'esistenza del globo terraequeo, nei quali fu più copiosa la quantità di materia vegetale che si produsse e più scarso il numero degli animali. Ve lo dicono i residui di queste antiche generazioni, rimasti sepolti nei rapidi o lenti sconvolgimenti avvenuti. Ora se esisteva maggiore sviluppo di materia vegetale, fuvvi certamente nell'aria maggior copia d'acido carbonico, il quale scomponendosi lasciava nel vegetale il carbonio, e dava all'aria l'ossigeno. Resasi l'aria così sempre più ossigenata e men ricca d'acido carbonico, si fecer certamente migliori condizioni per lo sviluppo del regno animale, e men prospere pei vegetali; sinchè i due regni giunsero a tal proporzionato relativo sviluppo che i mutamenti prodotti nell'aria dall'uno e l'altro regno si compensino: da allora in poi la composizione dell'aria rimase pressochè costante, e rimarrà sinchè rimarrà la medesima proporzione tra i due rami del regno organico.

Ciò che ho detto non è che una induzione ben fondata sopra le analogie; nè in verità potremmo avere altro mezzo di conoscer la composizione dell'aria in quei tempi, nei quali era tutt'altra la vita organica del globo. Pur Davy ebbe un'idea felicissima per tentare di dimostrare colla esperienza le congetture che abbiamo esposte.

Vi han dei minerali o delle rocce che contengono dentro cellule perfettamente chiuse, ripiene d'aria; quest'aria rimase ben chiusa al momento che il minerale si fece; è dunque aria fossile, cioè aria di quell'epoca remota, a cui il minerale si formò. Davy tentò di raccogliere ed analizzare quest'aria; ma ottenne risultamenti poco discosti dagli attuali; altri incidenti gli tolsero la possibilità di ripetere l'esperimento. Se però circostanze favorevoli si presentassero, nelle quali si fosse certi che l'aria rinchiusa nelle cellule dei minerali sia quella che esisteva nell'atmosfera di quell'epoca nella quale il minerale si formò, non andrà dimenticato il felice pensiero di Davy; una buona analisi darà forse un'immensa luce sulla storia del nostro globo.